Schnetz · Kälte

Wolf Peter Schnetz

In diesem Garten der Kälte

Verlag Klaus G. Renner

für Diemut

Alle Rechte vorbehalten. © Verlag Klaus G. Renner, Adelheidstraße 26, 8000 München 40. Erstausgabe. Umschlag unter Verwendung des Bildes *Saturnringe* von Ludek Pesek. Printed in Germany. Satz und Druck bei Hieronymus Mühlberger in Augsburg. ISBN 3-921499-70-4

Atlantis (1)

Ich weiß, es hat diese Insel
wirklich gegeben, Atlantis,
ich habe auf dieser Insel
gelebt: weiße Schiffe am
blassen verblasenen Himmel,
vorüberziehend
mit schwellenden Segeln.
Ein wachsender Wind.
Die südliche Sonne
schmerzt in den Augen.

Das Gras war fett in dem Land
auf den Weiden, Traktoren brachen
die Erde auf, das Tuckern
harter Motoren gegen Geräusche
weichen Gleitens
auf fließenden Schienen
wie zitterndes Wachs
in der Luft: Maschinen
schwimmen vorbei, geschmeidige
Fische und ein seltsamer
Ichthiosaurus.

Ich sammle die Kraft,
dies alles niederzuschreiben
im Zeichen der Macht.
Macht durch Bedrohung.

Immer rasender
diese Rüstungsspirale,
quellende Wolken in wütend steigenden
Türmen, sich steigernde Ohmacht,
Rüstung ist Krieg.

Atomares Gefechtsfeld
Europa. Automatische
Steuerung aller
Vernichtungswaffen, Vergeltungs-
Schläge, Nuklear-
Potentiale:
SS 20, SS 21, SS 22:
Kurz-, Mittel- und Langstrecken-
Raketen mit Sprengköpfen
aller Art gegen
Cruise Missiles, Pershings,
französische Hades und
englische Overkillbomben.
Atlantisches Bündnis:
ein Kriegs-Spiel nur, ein
Computer-Schach,
Präzision gegen Sprengkraft,
Überleben
nicht möglich.

Ich weiß, es hat diese Insel
wirklich gegeben.
Jetzt eine leblose Fläche
von Flechten.

Einzeller
haben
das Sagen.

(Ich suche
das Land,
das ich selbst
war.)

Atlantis. Eine Legende,
sagen lachend die Kinder.
Ein Fakt, sage ich.
Kein Artefakt. Nein.
Hier und heute und jetzt
ist Atlantis.

Atlantis (2)

Sicher, sicher:
Frieden in Freiheit
wollen wir alle.
Ja
zur Sicherheit
sagen wir jetzt
und rüsten uns mit Parolen
von Frieden und Freiheit

durch Schrecken,
sicher ist sicher
gar nichts:
40 Jahre kein Unfall,
wenn das keine Sicherheit ist,
ja sage ich,
40 Jahre kein Unfall.

Atlantis (3)

Noch nie
haben Waffen
den Frieden gebracht,
noch nie.

»Eben deswegen«,
sagt mir mein Bruder,
»müssen wir einen Krieg erfinden,
so groß und gewaltig,
daß jeder ihn fürchtet.«

»Müssen wir
dafür rüsten,
daß wir uns fürchten?«
frage ich meinen Nächsten.

»Wenn wir so rüsten,
daß alle sich fürchten,
gibt es
nie wieder Krieg,
Krieg ist unmöglich«,
nickt der Mann,
der mein Feind ist,
der alles opfert,
was alle besitzen:
15 000 Dollar
in jeder Sekunde.

»Die Drohung,
die immerwährende Drohung,
ist ein zwingender Grund,
sich zu lieben«,
lacht mit dem tödlichen Blick
der Gewißheit
mein Mörder.

Nie haben Waffen
Frieden geschaffen,
noch nie.

Atlantis (4)

Ich fürchte meine Beschützer,
ich fürchte die Zuwendung
all ihrer Waffen,
wahrhaftig:
Schutz
wovor oder wogegen?
Schutz vor Bedrohung durch Drohung?
Schutz gegen Feindschaft
durch offenkundige Feindschaft?

Entweder ist da ein Feind,
oder ein Freund
verhandelt um Freundschaft:
dann gewinnt er sie nicht mit dem Messer,
nicht mit dem Messer
seiner gefährlich lachenden Zähne,
ich fürchte das Lachen
der freundlichen Schutzmacht.

Ist da aber ein Feind,
steht er immer auf beiden Seiten
zugleich:
Auge in Auge,
Zahn um Zahn
in blitzender Reihe,
weiß und gefährlich
wie die erklärte Unschuld schon immer.

Also muß doch der Feind
endlich mein Freund sein,
damit uns endlich gemacht wird
der erste Freund
auf dieser sonst so verlorenen
Erde.

Atlantis (5)

Schon immer
schützt mich
das Messer
vor dem feindlichen
Messer.
Abschreckung
sichert
den Frieden,
sagte
der Freund,
als das Messer
aus seiner Hand glitt
und die verletzliche Haut
des Gegners
zerriß, so nah
standen sich
Freund und Feind

gegenüber, daß
der Freund
sein eigener Feind war,
da fuhren die Messer
einander ins Fleisch
bis ans Herz
nach eignen Gesetzen.
Tief im Herzen
sitzt jetzt
in dieser Sekunde
der Schrecken
für immer.

Atlantis *(6)*

Ich, der
ich sein könnte,
bekämpfe den,
der ich bin.

Ich, der
ich bin,
bekämpfe den, der
ich sein könnte.

Den Bruder,

den Nächsten,
den Feind.

Mit allen Mitteln.
Meine Mission
ist:
den anderen
austreiben

aus dir
aus mir.
Es ist, als müßte ich
brennen.

Atlantis (7)

Mein größter Feind
ist das Feindbild,
gemacht
aus dem Stoff
beliebiger Worte.

Ich erkläre
den Nächsten
zum Feind.

Ich sage:
anders bist du als ich,
also bist du
mein Feind.

Was, frage ich,
hindert mich daran,
weiter zu fragen:
hat Gott
sich den Menschen
zum Feindbild erschaffen?

Geschaffen
aus dem täglichen
Abfall der Worte,
wurde am siebten Tag
das Feindbild
mein Abgott.

Atlantis (8)

Der Ernstfall
findet nicht statt.
Er erstickt
im Gelächter.

Atlantis (9)

»In 5 Minuten
bombardieren wir
Moskau.«
(Washington, 13. 8. 84)

Die Reise (I)

»Die vom Heldentum sprechen, wissen wenig vom Sterben. Leicht ist es zu sterben, sich einfach schlafen zu legen, in Träume zu fallen und zu erfrieren. Die Schwierigkeit heißt: Überleben.«
                              (Scott's Expedition)

1. *Aufbruch*
Am 1.1.1983 begann ich die Reise, die ich den Aufbruch zum Großen Nagel nannte, zum Pol, oder den Aufbruch zu mir selbst.

Meine Schiffe hießen Erebus und Terror (Ross: 1839; Franklin: 1845). Ich reiste mit meinen vom Eis befreiten, aus geträumten Tiefen emporgehobenen Schiffen nordwärts, südwärts und suchte ein von vulkanischen Adern durchflossenes Land, lebendes Lavagestein in einer weißen Wildnis im weiten arktischen Meer: Das Reich des Bären, das den Pol umkreist, ein reiches Nirgendwoland. Ich suche eine Behausung, unbehaust, bis zum Tag meiner Ankunft: Laurasien.

Legenden erzählen auch von einem Südlichen Land, Gondwanaland, einst sei die Erde dort warm gewesen, üppige Vegetation: Farne, Schachtelhalme, mächtige Palmen, Echsen in tropischen Regenwäldern, der hundsköpfige Lystrosaurus – jetzt, nach Millionen Jahren und dem Driften des Kontinents, ist das Land umschlossen von einem Gürtel kalbender Eisberge in blauer tödlicher Stille.

Inmitten des siebenfach schützenden Rings aus Treibeis, Schelfs, sich türmenden Schollen, Meeresströmen, Stürmen und steil aufsteigenden Küsten, unbezwingbar, schroff, ruht das versunkne Gondwanaland, die Insel Atlantis, von der die Sage erzählt: Die Goldene Illusion des Glücks, des Unglücks, sei hier in die Hölle der Seele gefahren.

Dorthin also begab ich mich auf die Reise mit meinen zwei Schiffen Erebus, Terror (Furcht und Schrecken), schmale bebende Schalen, gemessen an der lähmend lärmenden Größe des Ozeans, den wir durchmaßen.

Was für ein Land! Als wir die Ufer betraten hinter dem flammenden Nebel (»das Eis brennt«), beugten sich uns zum Gruß die zu Toren gehäuften Gebeine gestrandeter Wesen: Robben, See-Elefanten, Wale, Ungetüme der Meere und Menschen, von denen es heißt, sie hätten gewagt, in die Stille zu dringen, in Felder von ewigem Schnee.

2. John Franklin

Ich war Sir John Franklin. Verschollen mit meinen Schiffen Erebus, Terror. Die Mannschaft machte sich auf den Weg am Ende des dritten Winters, 1848. King-William-Land, gegenüber Boothia-Felix. Südwärts. Immer nur südwärts. Die Vorräte waren verdorben. Die Kräfte erschöpft. Es gab kein Zurück. 105 Männer, ehedem 130, wagten den letzten, den tödlichen Marsch. Bis zum Verrecken. Am Steinmal von Ross (vor Jahren als weithin sichtbares Zeichen mannshoch geschichtet: Kap Felix, 1831) hinterließen sie noch eine Nachricht in einer Büchse aus Blech: »S. M. Schiffe Erebus, Terror wurden fünf Seemeilen NNW verlassen, starten morgen zum Fischfluß« (Crozier, Fitzjames).

Zuletzt haben sie einander gefressen. Im schneeweißen Dreck waren sie liegengeblieben, den Kot in den Hosen gefroren, Reste von Sperma, angstvoll aufgerissen der Mund, starr der staunend nach oben gerichtete Blick. Die Lebenden nahmen, was gut war von den langsam erkaltenden Körpern, es ließ sich zum Fressen gebrauchen. Fressen ist Leben. Und südwärts. Immer nur südwärts. Vielleicht kommt bald das heilige Land, wo der Himmel voll Honig ist und die Erde voll Wasser, wo still die Wolken sich spiegeln. Vielleicht.

Als sie nach endlosen Märschen mit ihren Booten, die sie auf Schlitten schleppten, nur noch drei Dutzend waren, trafen sie Eskimos, eine halbverhungerte Horde von Jägern: Handelten Speck gegen Gold. Uhren, Messer, goldene Medaillons für faulenden Speck. Der schwärt in den Zähnen, kotzt aus den Mägen. Sie hätten Moos oder moosgrünes Gras gebraucht, den Skorbut zu bekämpfen. Stinkend zogen sie weiter, mehr fallend als stapfend im Schnee, dem Irrsinn verfallen. Jeder Schritt war ein Fluch. (Sie verfluchten den Bauch, der sie ins Leben gespien hatte, damit sie ihn fickten. Der leergefickt war. Es gab keinen Himmel darin.) Eine feuerblutende Hölle. Brennender Schmerz, voll von Liebe und Haß, Hunger, den alles, Himmel und Hölle, fressenden Hunger.

Als gegen Ende des arktischen Sommers einmal der Tag kam, daß die Stärksten sogar zu schwach waren, die Schwachen im Schlaf zu erschlagen, begannen sie, und sie fluchten und flennten, sich selbst zu zerbeißen: Schmerz gegen Schmerz. Sie konnten noch weinen. Bis auch das Weinen starb.

Nur einer kam durch, nur einer – über das Eis zur Montreal-Insel, nahe dem Kontinent an der Mündung zum Großen Fischfluß – der starke Fitzjames. Eine Eskimofrau sah ihn am Boden hocken, den Kopf in die Arme gebeugt, sie kam auf ihn zu, sie sagte in ihrer fremden Sprache zu ihm: »Herr.« Da hob er langsam den Kopf, ganz langsam, versuchte etwas zu kauen, das klang vielleicht wie ein Wort, rauh aus der Gurgel gehackt. Der Schädel schaute sie an mit ausgebrannt farblosen Augen. Die Zähne von Kälte gespalten, das Mundfleisch faulte und stank. Sie merkte, er suchte etwas in seinem Gedächtnis, das er vergessen zu haben schien, das Wort Hunger: »Ich Hunger.«

Die Frau, selbst ohne Hilfe, will helfen, ihn stützen, sie berührt ihn sanft mit der Hand, da kippt er vornüber und stirbt, das Wort, das er sucht, ist seinem Gedächtnis entfallen. In Erzählungen heißt es: »Er saß am Strand. Es war ein großer starker Mann. Er hatte den Kopf in die Hände und die Ellbogen auf die Knie gestützt. So saß er unbeweglich da, als sie ihn fanden, die Frau mit den Eskimos. Müde hob er das Haupt, um zu reden. Als er den Mund eben öffnen wollte, kippte das Kinn nach unten, auf die Brust fiel der Kopf, und er starb.« »Dort, wo die Leiche gelegen hat, wächst das Moos im Sommer viel besser.«

Ich war John Franklin, grau, mit eisigem Blick, Herr der Schiffe Erebus, Terror, ausgelaufen am 26. Mai 1845 mit dem Ziel, die Nordwestliche Durchfahrt, nahe dem Pol, zu erreichen, gestorben am 11. Juni 1847 auf meinen Schiffen, aufgegeben von meiner Mannschaft am 22. April 1848. Spuren. Einzelne Spuren. Die Schiffe blieben verschollen. Erebus, Terror driften nach Süden auf der Sohle des Meers.

Ich möchte,
verlassen
von dieser Stunde,
in der Tiefe
den Wind
nisten spüren

als einen gleichmäßig
fließenden
Strom

das Fliegen
in einem Strom
von brennenden Sternen
in der Schwärze der Nacht.

Ich möchte,
aufgefunden
in dieser Stunde,
erhört sein
vom Wind.
Nur vom Wind. Still und
vergänglich.

3. *31. Januar*
»Da wir nicht wissen, was dieses ICH wirklich bedeutet, müssen wir tiefer und tiefer in seiner Entdeckung vordringen; denn das ICH ist das Große Mysterium des Seins«, sagt der Maler Max Beckmann.

Ich sehe den Mann mit in die Tiefe gerichteten eisigen Augen, den Mund von Schatten umflossen, ich sehe die Härte des Himmels an diesem Tag, eine glanzlose Hölle, eine verlorene Welt. Ich sehe einen Erfrorenen, die Augen aus Glas, den Körper von wanderndem Schnee wie von Sand überzogen, als wäre er eine hingerichtete Form, ich sehe nur Schatten und Schnee und ein starres Auge und sehe den Hunger und weiß nicht, ob es der Hunger der Lust oder der Hunger des Todes ist: mein offener Mund in dieser verlassenen Hölle.

Du kamst zu mir, mein Abgott, meine Schlange,
In schwarzer Nacht, die um mich her erglühte.
Ich kroch zu dir und suchte deine Wange
Und trank das Feuer, das dein Atem sprühte.
Du flohst. Ich hastete in Finsternissen.
Da kannten mich die Götter und Dämonen
An jenem Glanze, den ich dir entrissen,
Und lenkten mich ins Licht, mit dir zu wohnen.
　　　　　　　　　　　　　(nach Ricarda Huch)

4. *Cook*
Ich war Frederick Albert Cook. Am 3. September 1907 verließ ich im Norden von Etah, der nördlichsten Eskimosiedlung, den Schoner »John R. Bradley« und plante den Vorstoß zum Pol. Sechs Monate lang beriet ich mit den Männern im Land, wählte die Hunde, packte die Schlitten, wog jedes

Stück Proviant, bis ich am 19. Februar 1908 mit
10 Gefährten, 11 Schlitten, 100 Hunden den Weg
nach Norden begann.

Zuletzt lag vor uns das gefrorene Meer. Zwei Begleiter blieben an meiner Seite zurück, nach einer lange durchwachten Nacht der Entscheidung: Ahwelah und Etukishuk, die Jungen. Ich kannte sie von frühester Kindheit her wie eigene Kinder. Jedes Lachen in ihren Augen war mir vertraut, jeder Zug um Mund oder Stirn. Sie waren entschlossen, an meiner Seite das Reich ihrer Götter zu suchen.

»Tag um Tag drangen wir mit gleichbleibender Geschwindigkeit über die eisigen Flächen weiter nach Norden vor und gerieten dabei immer mehr in eine Wüste der Seele.« »Nichts ist quälender als das nimmer endende Blasen des Winds. Er packte uns und saugte das Leben aus.«

Ahwelah beugte sich über den Schlitten und wollte schlafen, einfach nur schlafen. Große Tränen tropften aus seinen Augen und froren im Blau seines Schattens. Da wußte ich, daß der Augenblick letzter Verzweiflung gekommen war. Tränenüberströmt, mit verfallenen Zügen, flüsterte Ahwelah langsam mit einem seltsam seufzenden Ton: »Gut ist es, zu sterben. Weiter unmöglich. Weiter unmöglich.« Ahwelah, eine armselige kleine Gestalt in abgerissener Kleidung, hing über dem Schlitten, gebrochen. »Gestern war mir genauso zumut«, sagte ich und: »Wenn morgen vorbei ist, wird es besser sein.« »Es ist sehr kalt«, sagt Ahwelah. »Komm ein bißchen weiter«, sage ich. Ich sage: »Der Pol ist nah. Nur noch ein Stück. Noch fünfmal schlafen und es ist vorbei. Dann wird es gut, alles wird gut.« »Die Kälte schmerzt in den Knochen«, sagt Ahwelah. »Komm noch ein Stück, noch ein Stück.«

Etukischuk schaute mich an. Seine Augen brannten. Und während ich sprach, wuchs der Mut, die letzten Kräfte zu sammeln. Ich fühlte in mir ein großes grausames Feuer: »Dort gibt es Honig und Milch und alles im Überfluß und fette lachende Frauen. Dort werden Vater und Mutter sein.« Da reckte sich Ahwelah taumelnd empor, krähte den Hunden zu »Huk, huk, huk!«, dann auch mit rauher Stimme zu mir: »Aga-Ka, Aga-Ka!«

Meine Eskimos glauben, überall Bären und Robben zu sehen. Ich bilde mir ein, Festland zu fühlen in der Nähe des langsam näherrückenden Punkts. Wir sind erregt wie im Fieber. Aber es driften da nur, träg, in trüben treibenden Flächen, weiße Meere von Eis.

Mit knallenden Peitschen geht es jetzt vorwärts. Die Männer schreien, die Hunde heulen. »Als wir am 22. April 1908, Mitternacht ist vorüber, die letzte Strecke eines schicksalhaften Weges zurücklegen auf der Suche nach einem Ziel, für das wir das Leben gewagt und Qualen der Hölle erduldet haben, erfüllt uns das stolze Bewußtsein, in den Tempel aller Geheimnisse aufgenommen zu sein, jenseits von Leben und Tod.« Hier gibt es jedes Jahr nur einen einzigen Tag und eine einzige Nacht. Auch gibt es nur eine einzige Richtung. Süden! Vor uns Süden, hinter uns Süden, Süden, überall Süden! Auf allen Seiten nur Süden!

Nach kurzem Taumel erlischt die Begeisterung rasch. Ich empfinde keine Erregung mehr an der Stätte des großen Triumphs. Ich beginne, zu fragen, warum ich von diesem Ort so besessen war. Warum suchen Menschen den Punkt seit Jahrhunderten? Warum suchen Menschen den Tod? Den schwer bestimmbaren Punkt, wo Licht in Dunkelheit übergeht, Zeit in Ewigkeit, Leben in ewiges Leben, ewiges Leben in Zeit: Hier bin ich angelangt heute.

5. *Peary*
Peary wacht mißmutig auf an einem Tag im April. Es hat geregnet. Vor den Fenstern dampft im diesigen Licht in der Frühe das Gras. Peary sagt: »Von Weibern will ich nichts wissen.« Peary küßt seine Frau, dezent, die Kinder, geht aus dem Haus, kühl und gelassen.

Peary ist groß. Ein richtiger Held. Schon in der

Schule war Peary immer der Beste. Wenn die Boys sich balgten und plötzlich wild um die Wette rannten, sauste er los und lief, allen voraus, voran, bis er im blauen Matrosenanzug mit Käppi, stupid, auf der Schnauze lag und bemerkte, daß andere ihn überholten, er rappelt sich auf, hinkt hinterher, endlich ist er am Ziel. Der erste, der letzte. Der Sonntagsanzug in Fetzen.

American way of life. Groß in der Niederlage. Peary ist groß und ein Held. Marineschule. Auszeichnung, versteht sich. Danach Ingenieur, Forscher und Unternehmer. Unternehmen Arktis. Seit 1890 sieben Reisen in die arktische Wildnis. 12 Jahre allein in der Arktis. Die achte Reise schließlich, 1908/1909, bringt den entscheidenden Schritt. Peary rennt los mit der »Roosevelt«, 6. Juli 1908, 1 Million Dollar für den, der als erster den Pol erobert! Für die Nation. Für Gott und fürs Vaterland.

Cook ist verschollen. Der lebt nicht mehr. Da sind sich alle längst einig. Peary fährt bis nach Etah, der nördlichsten Eskimosiedlung, nimmt 50 Eskimos, 250 Hunde an Bord, erreicht im September die nördliche Breite von 82.° bei Cap Sheridan und überwindet.

1909. Am 1. März geht es los mit den Schlitten. Voraus eilen Hilfstrupps. Legen Proviantlager an, erkunden den Weg, setzen Marken und Zeichen.

Den letzten Marsch macht Peary allein, allein mit Henson, dem schwarzen Diener, allein mit 4 Eskimos, mit 40 Hunden, 5 Schlitten. Allein. Allein mit allen, die helfen. Noch 250 Kilometer zum Pol. Peary rennt um sein Leben, als säße ihm einer im Nakken, immer geradeaus, ein Verrückter, Peary rennt in fünf Tagen zum Pol. Kein Schlaf. Keine Rast. Peary kämpft wie besessen.

6. April. 10 Uhr morgens. Peary am Ziel. »In einer pfadlosen, farblosen, ungastlichen Eiswüste sind wir die einzigen lebenden Wesen. Nichts als das feindliche Eis.« Zuerst einmal schlafen. Nur schlafen. In mein Tagebuch schrieb ich, ich, Robert Peary: »Endlich der Pol. Der Preis von Jahrhunderten. Traum und Ziel meines Lebens. Ich kann es nicht fassen... Es ist eine weise Vorsehung der Natur, daß das menschliche Bewußtsein intensive Gefühle nur bis zu einem solchen Grad aufnehmen kann, als das Gehirn es verträgt, und die grimmen Wächter des fernsten Gipfels der Welt nehmen keinen Mann als Gast auf, der nicht durch strengste Proben versucht und bezeugt worden ist.«

Ich war Robert Edwin Peary. Ein blöder Renner zum Pol. Immer geradeaus. Mit Hunden und Schlitten. Als ich am 6. April 1909, 10 Uhr früh, endlich dort ankam, schlief ich erst einmal aus, ich war zu kaputt, das Glück zu begreifen.

»Wenn es für einen Menschen möglich wäre, am 90. Grad nördlicher Breite anzugelangen, ohne körperlich und geistig bis aufs Äußerste erschöpft zu sein, würde er einzigartige Sensationen empfinden.« Aber: Ich war zu kaputt. Ich lag auf der Schnauze. Mit meinem Sonntagsanzug mit Käppi und Robbenfellen darüber. Ich lag auf der Schnauze und schlief. Und träumte von einer großen schönen wehenden Flagge im Wind: Amerika, Land meiner Heimat! Unendliche Freiheit!

Am Pol, mit zitternden Fingern, schrieb ich Urkunden und eine Postkarte an meine Frau: »Liebe Jo! Ich habe gewonnen! Bin hier einen Tag gewesen. In einer Stunde reise ich ab, Gruß an die Kinder.« Die Karte gab ich später zur Post. (Am Äquator.) Der Rückweg beginnt.

Als Robert E. Peary im Hauptlager eintrifft und sobald es die Eisverhältnisse erlauben, nach Etah kommt, erfährt er von Eskimos, daß lange vor ihm, vor einem Jahr schon, Cook den Nordpol bezwang, ein ganzes Jahr schon vor Peary. Ich, Robert Peary, ein Held, ein Kämpfer, ein Renner, kam also wieder zu spät. Aber es bleibt für den Ruhm in der Nachwelt ein Mittel: DIE PROPAGANDA. Ich sage: »Wer glaubt denn schon Cook! Ich mache ihn fertig!« American way ...

6. Amundsen

»Wenn der Entdecker den Sieg errungen hat, jubeln ihm alle entgegen. Wir sind stolz auf den Erfolg, stolz für das Vaterland, stolz für die Menschheit, stolz für den Fortschritt.«

Ich bin Ronald Admundsen. Ich bin auf dem Weg von Norden nach Süden. Ich habe die Nordwestpassage soeben durchfahren. Ich wendete südwärts, als Cook und Peary den Nordpol, wie man so hörte, bezwangen, den Großen Nagel am Ende der Welt. Das neue Ziel ist der Südpol. Das Wichtigste sind die Hunde: Männchen und Weibchen. Kveen, Lap, Pan, Gorki und Jaala. Kleine prächtige Tiere. Das schönste Geschöpf ist der »Oberst«, stark, wild und anders als andre, ein großer Jäger, ein ausgezeichneter Schwimmer. Die Hunde sind allen Gefahren gewachsen: Kälte, Anstrengung, Hunger. Ein Vorteil entscheidet: Hunde fressen die Hunde, wenn der Pemmikan knapp ist. Mit 52 von 100 brechen wir auf: 20. Oktober 1911, im antarktischen Frühling: 5 Männer, 4 Schlitten.

Wir verlassen das Lager zu Framheim bei windigem Wetter. Um zehn Uhr hellt der Himmel sich auf. Einen Teil der Strecke haben wir in den Wochen zuvor schon erkundet, haben Depots angelegt auf 80° südlicher Breite. Am Anfang machen wir gute Fahrt. Dann kommen die Gletscher mit Schründen, Fallen und Spalten. Jetzt wird es hart. Bjaalands

Schlitten verschwindet im Schnee wie in Treibsand, der tückische Tiefen verbirgt. Da haben wir Glück! Eine dünne Fläche aus Eis wölbt sich als Brücke über den Abgrund. Wir müssen hinüber. Und: kommen durch. Allmählich werden wir mit dem Boden vertraut.

Ein zerklüftetes Feld. Tag um Tag nehmen die Härten jetzt zu. Große Entbehrungen. Sturm. Keine Sicht. Wir bauen in kurzen Abständen Warten, 2 m hoch jedes geschichtete Mal, verwahren darin die Papiere mit dem Verzeichnis der geographischen Lage. Etwas Vorrat hinterlassen wir auch. Am 11. November schließlich kommen wir an die Gebirge. Ich habe noch nie eine schönere wildere Landschaft gesehn. Wir umgehen das steile Massiv, dann befinden wir uns bereits auf 84° südlicher Breite.

18. November. Heute kommt der unvermeidliche Aufstieg, Hügel und Gletscher bergauf im langsamen Schaukelgang. Jetzt untersuchen wir jedes Stück Boden, das wir mit unseren Schlitten befahren, äußerst genau. Die Sinne beginnen sich häufig zu täuschen. Wir markieren gewissenhaft. Sichern ist Überleben. Der Aufstieg wird eine höllische Qual. Als wir den Bergkamm endlich erreichen, messen wir eine Höhe von 3200 m, 1600 nach oben an einem einzigen Tag. In der Nacht fällt das Thermometer. 30 Grad unter Null. Heftige Böen fegen über das Zelt. Am Morgen hellt es noch einmal auf.

Wir schlachten 10 Hunde. Große Haufen herrlichen Fleisches liegen frisch auf dem Schnee. Dampfend und rauchend. Wir hauen uns eine Mahlzeit mit den Äxten zurecht.

29. November. Nebel, Nebel, Nebel. Ein nieselnder Niederschlag aus glitschigem Eis. Die Hunde müssen sich schinden. Glasharter Schnee. Wir bauen ein Lager. Wir sitzen fest. Aber wir geben nicht auf. Tags darauf geht es weiter. Wir quälen uns vorwärts. Schritt für Schritt. Durch Schroffen und Schründe. Ein hohes steiles Massiv, 4500 m, zwingt uns zur Umkehr. In der Nacht erhebt sich ein eisiger Sturm.

Wir gelangen in wildes Gelände, ungangbar. Schlucht neben Schlucht. Die Hölle. Nach zermürbendem Suchen finden wir schließlich eine Brücke aus Eis. So schmal, daß ein Schlitten gerade noch Platz hat. Auf beiden Seiten gähnender Abgrund. Ein Fehltritt kostet das Leben. Wir tanzen über den Gletscher mit unsicher tapsenden Schritten. Der Sturm steigert sich weiter. Anfang Dezember irren wir durch den Tanzsaal des Teufels, dem Untergang nah. Irgendwie kommen wir durch. Endlich wieder die Richtung.

7. Dezember: 88°. Shackletons südlichste Breite. (Shackleton kam vom gefrorenen Meer über die flachen Schollen mit Shetland-Ponys und einem Auto-

mobil, das die Männer mehr schoben, als daß es noch fuhr, nur einen einzigen Tag lang, dann schickten sie's fluchend wieder zurück. Shackletons Route führte zum Scheitern).

Der Sturm dieser Tage schlägt beißende Wunden. Eine einzige Wunde ist das Gesicht. Jede Berührung schmerzt wie ein Messer. An Händen und Füßen tragen wir offene Beulen. Aber wir rücken täglich dem Ziel ein Stück näher. Was werden wir finden? Am 10. Dezember stehen wir kurz vor dem Pol. Die Hunde wittern nach Süden. Mylius, Ring, Oberst und Suggen recken die Köpfe, schieben die Schnauzen nach Süden und wittern. Wie wir auch gucken und gucken, wir sehen nichts als die Weite, eine durch nichts unterscheidbare weiße unendliche Fläche, die der stöhnende Wind leerfegt. Unerhört leer. Nichts. Einfach nichts. Eine Ebene. Absolut nichts. Um 3 Uhr rufen wir: »Halt!«

Das Ziel ist erreicht. Die Reise zu Ende. 90°. Wir stecken im Schnee. Windig. Fast witzig. »Hier ist der Pol.« »Warum hier?« »Was unterscheidet gerade diesen Punkt von anderen Punkten ringsum?« Blöde Frage. »Ich könnte nicht sagen, daß ich jetzt vor dem Ziel meines Lebens stünde. Das wäre doch wohl übertrieben. Ich will ganz aufrichtig sein und erklären, daß nie ein Mensch in so völligem Gegensatz zum Ziel seiner Wünsche stand wie ich hier an dieser Stelle.« Da sind wir also am Pol. Wir haben

Grund, uns für alles, was wir geleistet haben, zu achten. Wir reichen uns reihum die Hände. Wir pflanzen in die Wellen von Wind eine Flagge. Fünf harte Paar Fäuste. Die Ebene nennen wir »König-Haakon-VII.-Land«.

Ich war Ronald Amundsen. Geboren 1872 in Borge, Norwegen. Mit der Göja hatte ich als erster den magnetischen Nordpol erforscht, 1906, dabei die Nordwestpassage durchfahren. 1911 erreichte ich mit 4 Kameraden den Südpol. Mein Fahrzeug: die Fram. 1926 überflog ich mit einem Luftschiff, der Norge, den Nordpol. Verschollen seit 1928. Das Ziel? Das Ziel ist nicht wichtig, hat man es einmal erreicht.

7. *Bill Wilson, Birdie Bowers*
Ich war Bill Wilson. Ich war Birdie Bowers. Mit Cherry-Garrard waren wir drei. Ende Juni 1911. Proviant für 6 Wochen. 110 Kilometer bis zu Kap Crozier. Die Felsen der Nacht. »Es ist Mittag. Aber es ist pechschwarz und nicht warm«, notiert der lustige Cherry-Garrard bei 40 Grad unter Null im antarktischen Winter. Auf den gefrorenen Bögen Papier haftet der Atem, den wir mit harten Stiften durchstechen.

Wir wollen das fehlende Glied der Evolution entdecken, das Geheimnis der schwarzen Vögel, die in der Finsternis brüten auf blankem Eis, ungeschützt vor den Stürmen der Nacht. Schlaf ist unmöglich. Die Schlafsäcke aus Fellen von Rentier sind hart wie Metall. Jeder Sack ein zusammengepreßter Sarg. Drei Mann müssen ihn heben, wenn wir ihn brauchen. Wir zittern, daß unsere Rücken fast brechen.

Acht Stunden Marsch jeden Tag. Neun Stunden Arbeit am Lager. Sieben Stunden erbärmliche Rast in den metallenen Säcken. Die Kleider gefroren. Das Zelt gefroren. Wir sind lebendig begrabene Stücke im Eis. Die Temperatur sinkt auf 60 Grad unter Null. Das Schlimmste ist die endlose Nacht, diese Schwärze, die Kälte. Als wir Kap Crozier endlich erreichen, scheint plötzlich der silberne Mond. Ein Witz. Ein irrer Witz! Ein Witz. Vor uns, am Ziel dieser Reise, erhebt sich ein toter Vulkan, der Mount Terror. Auf dem Kegel des Felsens, blank, von Wind überbraust, steht am Himmel das strahlende Eis, der lichtblaue Mond. Irr! Dann hören wir Rufe, helle Stimmen der seltsamen Vögel. Rri. Rri. Die Felsen werfen klirrend das Echo zurück. Mit gespreizten Beinen stützen wir uns, vorsichtig stelzend und tastend, einen kantigen Grat entlang, straucheln, stürzen, kullern bergab.

Wir raffen uns auf am Fuß einer Eiswand. Eine riesige Mauer. Ich entdecke ein Loch, groß wie ein Fuchsbau, das in der Tiefe lichtlos verschwindet. »Los«, sage ich, und ich packe Bowers und Garrard am Arm. Ein langer Gang, wodurch wir uns vorsichtig winden. Am Ende brechen wir Stufen ins Eis und turnen hinab mit gestelzten Gebärden, groteske Gestalten. Wir sehen die Vögel unter den Klippen stehen, dicht aneinandergedrängt. Als wir schreien, schreien auch sie. Grelle trompetende Stimmen. Sie versuchen, mit kurzen Schritten und plumpem Flügelschlag ihrer Flossen, plumpsend über den Boden zu schlurfen. Tolpatsch! Komischer Anblick.

Wir haben erreicht, was wir suchten, greifen verstohlen die Eier vom Eis: für die Zwecke der Wissenschaft. Die Umkehr wird zur höllischen Qual. Es wächst das Wimmern des Windes. Dann Stille, ein wartendes Lauschen. Plötzlich platzt das Schweigen, der Wind jault auf, als bekäme die Nacht einen Anfall. Die nackte Erde am Fuß der Felsen wird in Stücke gerissen. Das Eis bricht. Kompakte Wände aus Schnee schieben sich dunkel vorbei, drängen uns in den Abgrund.

Als wir wieder erwachen, sind zwei Tage, zwei Nächte vorbei. Irgendwie leben wir noch. Lebendig begraben. Wir haben die Köpfe zur Erde gedreht, das Ende erwartet, rufen uns zu, als wir erwachen. Wir lachen, daß es uns gibt in dieser barbarischen Hölle. Wir lachen. Wie wir zurück ins Lager gelangt sind, weiß keiner. Wir schlafen im Gehen. Wir wandeln wie Tote in Träumen, im Alptraum. Irgendwann kommen wir an. Irgendwo. Das Lager. Da ist es.

Drei aufgesammelte Eier, von schwarzen Vögeln geklaut, haben wir im Gepäck. Jahre hat es gedauert, bis die Dinger nach England kamen, 1913, zu Schiff, mit Apsley Cherry-Garrard, dem letzten, der lebt, nach South Kensington, dort, ins Museum. Nichts Besonderes, sagt der Herr Kustos. Kein fehlendes Glied in der Kette der Evolution, Eier von Pinguinen, gewiß, seltsam genug, daß sie in der Nacht der Antarktis gelegt worden sind in solcher Kälte, sagt der Herr Kustos.

Da bin ich schon tot: Ich, Bill Wilson, ich, Birdie Bowers. Noch einmal sind wir in eine solche Kälte gezogen. Mit Scott. Richtung Pol. Bei der Rückkehr erfroren. Kurz vor dem Lager. Von der Nachwelt vergessen. Lustig war unser Einfall gewesen, die Eier von Vögeln am toten Vulkan des Mount Terror zu finden, das fehlende Glied der Evolution, so dachten wir damals, im Juni 1911. Vier Wochen währte der Marsch. Ein Kinderspiel gegen die Reise zum Pol. Ein Kinderspiel. Wirklich.

8. *Scott*
Welche Luftschlösser baut man in der Stunde der Hoffnung. Ich war Captein Robert Falcon Scott, 1912, bereits auf der Rückkehr vom Pol, im letzten Biwak erfroren, 17 km entfernt vom Depot, nach einem Marsch von mehr als 2000 Meilen, Scott, Wilson und Birdie Bowers, wir starben mit gläser-

nen Augen. Der Friede beginnt, wo die Träume enden. »Welche Luftschlösser baut man in der Stunde der Hoffnung«, hatte Scott als letzten Eintrag notiert, Eispaläste, geschaut im ewigen Schnee, und: »leicht ist es, zu sterben, sich einfach schlafenzulegen, in Träume zu fallen und zu erfrieren. Die Schwierigkeit heißt: überleben.«

»Ich bin verurteilt. Ehe der Kläger die Stimme erhebt, ehe das Tribunal in dunklen Roben den Raum betritt, ehe die Gäste die Plätze einnehmen als stille Beobachter, bin ich verurteilt, denn: ich lebe.« »Wer hat dir das Recht, zu leben, gewährt«, fragt das Gericht. »Ich weiß keine Antwort außer: Ich fühle mich schuldig.« »Schuldig«, lautet einmütig der Spruch meiner Richter: »Du bist verurteilt, weiter zu leben, um Schuld zu fühlen, daß du, der du nicht ICH bist, noch lebst.«

9. *1983*
19. Februar 1983, Samstag. Die Sonne breitet sich aus an diesem Winternachmittag, ich starre in eine Landschaft aus Schnee. Die wichtigsten Fragen erkennt man daran, daß sie nie gestellt werden. So scheint die Lebenden nichts so sehr zu verdrießen wie die Frage nach dem Sinn ihres Lebens. Damit wollen sie nun also wirklich nicht belästigt werden. Gerne und ausführlich dagegen diskutieren sie über Diätkuren, Haartöner und Weinsorten. Da wirft

sich ein jeder mit der ganzen inbrünstigen Vehemenz seines partikularen Sachverstands in die Debatte: um mit ein paar imponierenden Belanglosigkeiten die große, existentielle Ratlosigkeit lauthals zu überlärmen für die Dauer eines gewichtig aufgeblasenen Augenblicks. (Dietmar Bruckner, Nürnberger Nachrichten, 19. Februar)

Langsam geht die Sonne jetzt unter. Im Sinken friert sie zu einem eisigen Punkt, klein und genau im Umriß, erträglich für die Pupille. Jetzt ist sie fort. Ein schwarzer Teppich breitet sich über den Himmel. Das Meer. »Das Meer ist die Gegenwart des Unendlichen, anschaulich und fühlbar. Unendlich die Wellen. Immer alles in steter Bewegung, nirgends das Feste, das Ganze in der unendlichen Ordnung, wo alle Festigkeit endet.« (Karl Jaspers)

Ich bin gefährlich, denn ich bin niemandem feind. Meine einzige Waffe ist mein Gedächtnis.

Hundert Sprachrohre sind auf mich gerichtet: ergib dich. Ja, ich bin schwächer als du, ich bin anders. Ja, ich glaube nicht, woran du glaubst. Ich glaube nicht an die Große Mutter mit den großen erweckenden Brüsten mit goldschwarzen Zitzen: Lizenzen in aller Welt, o meine Große Mutter COCA COLA. Ich glaube nicht an die hundert mal hundert mal hundert rollenden Kinder vom Fließband der langen Asfaltnacht, HERR FORD, o du mein Vater.

Ich glaube nicht an das Goldene Kalb der Kapitalisten: die endlosen Dollarmillionen, -milliarden für Rüstung, Rüstung, Rüstung in diesem und jedem kommenden Jahr bis zum URKNALL.

Ich habe aufgehört, mich zu wehren, ich werde mich weigern, zu rüsten. »Für den Fall, daß dieser Staat, wo ich arbeite, einem zweiten Staate, wo andre Menschen arbeiten, den Krieg erklärt, erklär ich diesen Menschen schon heut den Frieden.« (Otmar Leist)
Ja, ich bin schwächer als du. Meine Schwäche aber ist meine Stärke.

Ich bin bereit, mit mir selbst in Frieden zu leben. Ich bin bereit, alle FEINDBILDER zu zerschlagen. Ich bin bereit, den, der ein anderer ist als ich bin, als Bruder zu schätzen. Ich bin bereit, dir die Hände zu reichen, ungeschützt, schutzlos, dir zu vertrauen, der du von Frieden nicht sprichst, weil du bist, Anders, jenseits aller Erschießungskommandos der Worte.

10. *Rüstzeiten*
Mich muß man nicht verteidigen, Mr. Warmaker, ich verteidige mich selbst. Mich muß man nicht wappnen und rüsten, ich bin schon auf alles gefaßt, Mr. Warmaker.

Mich muß man nicht in den Großen Vaterländischen Krieg schicken, Mr. Warmaker, den letzten auf dieser Erde, ich habe meinen eigenen Krieg auszufechten jeden Tag gegen ANPASSUNG, LÜGE, VERRAT. Mich muß man nicht füttern mit faulen Parolen, ich bin ja selber ein Phrasendrescher, ich weiß, daß Worte nichts taugen (wenn ich überhaupt im Leben etwas erfahren habe, dann dies).

Mich muß man nicht uniformieren mit blauen Sterbehemden. Mit Helmen, Patronengürteln, Panzern und Masken.

Ich bin bereit, an einem Nachmittag im Frühling mit einer Klaviersonate von Mozart im Kopf, genug für die Ewigkeit, wenn alles in die Luft geht, in die Luft zu gehen, Salve, ein Wandler der Lüfte, Mozart im Kopf. Wenn die gepanzerten Armeen diesseits der freindlichen Linien und jenseits der Stellungen (wozu noch Armeen) sich auflösen in ihre Moleküle; wenn die alles niederwalzenden ferngesteuerten Armaden der Panzer schwerelos werden mit einem einzigen Schlag über den Wolken: sie fliehen im Sonnenwind der Atome. Wenn dann zuletzt die singenden Maschinen am Himmel, die herangestürzt kommen wie ein Schwarm von Hornissen, wenn auch sie aufgehen im Strahlenfeuer, Kaskaden von Licht am weiß beleuchteten Himmel. Ein Tag, der mit Sterbehemden und einer Klaviersonate von Mozart begann.

Mich muß man nicht verteidigen, Mr. Warmaker, ich verteidige mich selbst. Mich muß man nicht schützen. Mich muß man nicht wappnen und rüsten. Mich muß man nicht abschirmen, durch die Diener des Herrn observieren. Mich muß man nicht in die Heere einziehen, als Krieger, in diesen letzten sinnlosen Krieg. Mich muß man nicht mit Phrasen dreschen von Frieden, Freiheit, Vaterland und all diesen windigen Wortartikeln. Mich muß man nicht mit Sterbehemden uniformieren, Mr. Warmaker. Mich muß man nicht in die Luft jagen. Mich muß man nicht in Atome zerfetzen. Mich muß man nicht in die Ewigkeit schicken.

Mich muß man nicht lieben, Mr. Warmaker. Mir genügt mein Frieden vollkommen.

Nie klatschen die Leute lauter als zur Stunde des Untergangs. Sie schreien und singen hingerissen vor Glück, daß sie in dieser Komödie eine Rolle spielen mit großer kriegerischer Gebärde. Ich werde Gedichte schreiben. Gedichte? Lächerlich. In den Augen der Tüchtigen. Ich werde Gedichte schreiben. Vielleicht wird es mit mir geschehen, wach zu sein mit dem Herzen, nicht mit den Fäusten zu singen. Vielleicht wird es dir geschehen.

Von jetzt an kannst du die Stunden zählen bis zur Stunde des Widerstands.

11. *Der Zug der Nibelungen*
Sie fraßen und sie soffen
sieben Tage lang,
ließen die Becher kreisen
bei lärmendem Gesang.
»Der Narr soll uns weissagen!«
schrie einer im Morgenrot.
Da gab es ein großes Gelächter,
einer lachte sich tot.

Sie rannten um die Wette
zum kühlen Quell im Wald:
Seyfrit, jung und kräftig,
Hagen, schwer und alt.
Als Seyfrit am Schoß der Quelle
mit heißen Lenden stand,
traf ihn, tief in den Rücken,
der Speer, von Hagens Hand.

Das war im Land Laurasien
vor langer Zeit, lang her,
ein fernes Land. Im Norden dort
hoch oben. Ein Menschenmeer,
ein ganzes Meer von Leben,
ist jetzt erstarrt im Eis.
Blau ist der Wind, der wandert wie Wasser
so sanft, so leicht und leis.

Goldrot an einem Morgen
ging die Sonne auf,

nahm, wie gewohnt, am Himmel
ihren steten Lauf,
löschte Mond und Sterne
mit harten Strahlen aus,
strahlte noch lang so weiter,
zerstrahlte Mensch und Haus.

Und Vieh und Ding.
Das war im Krieg
vor tausend Jahren:
der Totale Sieg.
Was bleibt, ist das Gedächtnis,
als Waffe aufbewahrt,
von denen, die jetzt wagen
die letzte große Fahrt.

Die letzte Fahrt, die große,
trat ich mit jenen an,
die Haig und Hagen hießen,
als unsere Zeit begann.
Wir hatten unsere Namen:
Haig, Reagan und andere mehr,
erlitten alles noch einmal
im großen Menschenmeer.

Jetzt lachen sie mit Augen
und Mäulern entsetzt sich an,
mit leeren Augenhöhlen,
schreiend im Massenwahn,
da eines Tags der große

Tag gekommen ist,
der seine Kinder alle
mit Lärmen lähmend frißt.

Der Stein, den wir noch schlugen
am Pol, als stummes Mal,
trug die zwei großen Wörter
»Ich Bin«. Das war einmal. Ich war.
Ich hatte mich am Ende
allein zu Tod gehetzt.
»Du Bist«. Das ist die Botschaft, die zeitlos mich
besetzt.

12. *Ankunft*
Mit der Unendlichkeit Schritt halten, Schritt für Schritt. Die Pulse des Läufers messen das Herz, das springt in die Kehle, es springt auf die Zunge: fall nicht zurück. Der Läufer, der den Rhythmus des Laufes bestimmt, läuft schneller. Schneller läuft das Herz in den Schritten, Schritt für Schritt messen die Schritte den Lauf.

Die Erde ist ein zählendes Band, von Schwellen nicht unterbrochen, ein Herz schlägt, hohl schlägt das Echo zurück. Nicht fallen. Alles ist Raum. Die Schritte sind rund. Aus der Hüfte getragen, über die Spannung des weit ausgreifenden Beins, setzt die Ferse auf, der Fuß rollt, das Band des Schrittes wächst, dehnt sich über die Hüfte zurück, über den leicht nach vorne gebeugten Rumpf, die Schultern mahlen, kreisende Räder, die Zeit. Langsam.

Der Kopf ist erschlagen vom Lärm mit der Zunge ertasteter Zahlen, von ohrenbetäubender Stille, von stiller Betäubung. Das Rauschen des Bluts ist ein Rauschen. Der Schritt ist ein steinerner Laut, der, ins Wasser gestürzt, Ring um Ring sich lautlos verbreitet, das Rauschen der Sterne ist randlose Stille. Rund ist der Lauf. Über die Ferse des Horizonts rollt er in meßbare Nacht. Jeder Schlag ist eine Sekunde, jede Sekunde ist ein Gespräch mit der Angst.

Ich weiß, daß ich lebe. Aber den Rhythmus erforschen, der Leben von Leben trennt, vermag nur ein Sterben. Hier liegt die Antwort. Ich laufe. Jeder Schritt ist ein Sterben.

Weit sind die Augen, die Ohren weit geöffnet. Ich sehe nichts. Ich höre nichts. Ohne zu schmerzen, schneidet das Messer der Schritte. Mit der Unendlichkeit Schritt halten, Schritt für Schritt. Vielleicht ergibt die Summe des Taubseins ein Hören, die Summe der Blindheit ein Gesicht.

Jeden Tag begann ich den Lauf und suchte die Steigerung, jeden Tag überwand ich das Herz, um jenem Rhythmus zu gleichen, der zählt, statt gezählt zu werden, der spricht, statt gesprochen zu werden.

Über die Spannung des weit ausgreifenden Beins, über die Streckung zurück, rollt die Hüfte, drückt den Rumpf auf die Erde, bis ihn ein Schatten erschlägt. Nicht fallen. Nicht zurückfallen. Alles ist Raum. Ich werde mich selbst noch erreichen.

Saint Malheur

für Christoph Meckel

»Das Gedicht und was von ihm übrig bleibt
in der gesammelten Zukunft
handelt vom Gegensatz und von dem, der darin lebt,
heillos in Ermangelung eines Besseren.«

Vom Heiligen Bösen, von Saint Malheur, ist hier zu berichten, dem fernen Punkt an einer atlantischen Küste: es kommt der Ozean herübergeschwommen, eine elende Masse Wasser und Fleisch, mehr Fleisch als rosenrot rotes Wasser, das hoch vom Himmel herabstürzt: es haben die Quallen riesige Schirme aufgestülpt, ein einziges Rosa weit und breit, prächtige blühende Paraplüs in der Öde der Wüste. Von Zeit zu Zeit eine Welle vielleicht verrät, daß es noch Wind gibt hinter den Wolken, den großen Wolkenbänken und Wassergebirgen, noch Wind, eine Spur, hinter entseelten Bergen, vielleicht einen Himmel, im großen Ozean ertränkt, aber schon bald in der

Nacht, in der kommenden Nacht, schon bald, zieht ein böses Sternengefunkel wie Sand von den Böden herauf, böse und unsagbar schön, zuerst als ein Flüstern, dann als rauschend bewegte Luft, legt sich behutsam und sacht auf die Häute des Wassers, die Seele, dort, wo Wasser und Himmel sich treffen und trennen, und wandert und wächst, sich langsam erwärmend, erhitzend, und plötzlich füllt Feuer den Raum, fällt, füllt mich aus, das heilige Feuer der Nacht, das Heilige Böse, und ich erwache mit einer süßen, unsäglich süßen Lust des Entsetzens, weil ich dich liebe, ich weiß, daß wir uns trennen und treffen.

29. Januar

Täglich die Unlust bekämpfen.
Auch heute im Januar
frißt die Wintersonne
ein Leck in den weißen
sich weigernden Himmel:
heller Fleck in der Ferne.

Endlich wieder
eine Vagina ahnen
offenkundig und nah

einen schwarz bewaldeten Hügel
am Horizont eine
sich hebende senkende Linie.

Endlich wieder
die harte Erregung spüren
wenn sich der Herzschlag
beschleunigt
unter den schnellen Schlägen
folternder Bilder.

Endlich wieder
wach sein und wissen wie flüchtig
jeder Aufenthalt ist
wenn die hetzende Zeit
mit fliegenden Pulsen
vorbeifetzt.

Täglich die Unlust bekämpfen.
Auch heute ein Tag
wie jeder andere im Winter
im Sommer warten
auf Rosen auf dunkelnden
Schnee.

Requiem

Wir sitzen alle im gleichen Salon, Wartesaal, Erste Klasse, kalte Asche in Pokalen aus Rauchglas, altmodisches Mobiliar und knalliges kaltes Neonlicht am Wartesaalhimmel, kalte Hände. »Der Nächste bitte!« Wir stehen gleichzeitig auf oder träumte ich das, und in Wirklichkeit steht gar keiner auf außer mir, und in Wirklichkeit tritt der Herr im wachsweißen Kittel zu uns in den weißen Salon, und in Wirklichkeit will ich aufstehn und fliehn, und in Wirklichkeit kann keiner mehr fliehn, weil es uns allen bestimmt ist, gleichzeitig, gleichzeitig alle, den HERRN im weißen Leinen zu sehn, wie er anhebt zu einem einzigen Satz, einem Wort oder auch nur der Andeutung eines verhaltenen Wortes: »Bitte«, da ist es auch schon zu spät, und der Salon ist die Wirklichkeit und ein Himmel aus Neon und ewiger Kälte, und das Lied, das wir noch hören zuletzt, brausend in unseren Ohren, brausender als das Licht, das Lied ist ein schönes, ein herrliches, ein herrlich schreiendes schönes schreiendes Requiem: Hallelujah, Gloria, Gloria, Amen!

High noon

Mitten durch Deutschland
geht eine Grenze.
Die Häuser sind leer.
Die Straße ist leer.
Die Straße ist eine Grenze.
Mitten auf der verlassenen Straße
an einem Tag im Monat Dezember
oder im Januar
auf dem Pflaster,
mancherorts Schnee, Blut und
Schmutz, sonst nackt und weiß
und aus gestoßenen Steinen
geschichtet, an einem Tag
im Dezember oder
im Januar oder
werweißwannimmer
stehen sie sich gegenüber
mit dem Schatten ihrer Vasallen
zur Wand, ziehen die Waffen,
ziehen die Waffen mitten am Tag
und führen den Erstschlag.
Reagan, Tschernenko.
Welcher von beiden ist besser, ist schneller.
Mitten durch Deutschland
geht eine wachsende Leere.
Die Zeit wird kürzer jetzt
jeden Tag.

Bronx

> für Habib Bektas
> »Du verwünschst deine
> einsamkeit in einer dicht-
> bevölkerten deutschen stadt.«

1.
Auch ich bin ein Fremder in den Straßen der Stadt. Auch ich bin ein Türke mit gefütterter Uniformjacke, billigen Hosen, abgetretenen Schuhen, unrasiert, übernächtigen Augen, in den Augen die Angst.

Ich hause im Niemandsland mit euch allen. Nur seltene Tage schenken mir Frieden und Freiheit in diesen leergekotzten Straßenschächten der Stadt, wenn der torkelnde Wind, ein stupider stammelnder Absinthsäufer, früh um 6 auf dem Trip ist, während die nachts entjungferten Jungfern noch traumlos schlafen im Federbett, unter dem deckenden Schnee.

Fremd bin ich hier in der Stadt, da das dumpfe moosige Licht zwischen erstickenden Kunststoffbahnen und sinterndem Neongeflacker langsam zu wachsen beginnt wie Gras, wie das Gras.

Meine erwachende Neugier. Ich nehme Besitz von allem, das sich in diesem riesigen Schlafsaal und Tagsaal jetzt auftut, eine Welt von Plakaten: Friede den Käufern, Freiheit den Konsumenten, unser täglich Gebet. Stuyvesant, Marlboro, West. Unser tägliches Brot, Mr. President, gib uns heute.

2.

Wir alle sind Handlanger, Händler, Türken und Juden und handeln mit der einzigen Ware, die wir besitzen: Freiheit für Deutschmark, Frieden für Dollar. 15 000 in jeder Sekunde.

Mitten im Frieden: Millionen, Milliarden Dollar, Menschen, jede Sekunde verhungert ein Mensch in dieser Stadt, jede Sekunde opfert der blaue Planet 15 000 Dollar, 15 000 Dollar jede Sekunde für Rüstung, das goldene Kalb der Kapitalisten, ein glotzender Moloch aus Gold, ein gefräßiger unersättlicher Riese, ein Ungeheuer ist mitten im Frieden der Krieg.

Unsere Droge: Goldmark, Dollar, Gewalt. Friede den Käufern. Freiheit den Konsumenten. Als stinkender Absinthtrinker lärme ich durch die feilschende Stadt, die mich umfängt und vereinnahmt, ein Markt für alles und alle, die sich verkaufen, Herz über Kopf.

3.

Besessen von sieben Plakaten an allen freien Wänden der Welt, bin ich ein Opfer des Kaufzwangs. »Sensation! Sensationeller neuer Geschmack!« Da springen Tiger (im Bild) durch flammende Reifen, Messerwerfer fixieren den scharfen Schattenriß einer Frau, Feuerschlucker fressen den Himmel, flambiert, taumelnde Akrobaten, Inferno im Zirkuszelt unter strahlenden Sternen. Krone in München. Erstes Plakat.

Zweites Plakat:
Bronx, Harlem, Manhattan. Brillierende Spiegelreflexe an silbernen Schuppenkostümen halbnackter Nixen und Nymphen im Silberreich von Atlantis: ausgeschnittene Körper, die Haut als Ware, wohlfeil jedem sich bietenden Blick. New York. Mae West mit der Fackel der Freiheit.

Drittes Plakat:
»Atlas«. Der Schneeathlet gleitet auf glitzernden Zehntelsekunden tief in die Hocke gekauert, ein schneller Sieger, schnell wie das Glück und vergänglich, rast er, sehenden Auges, in die Unendliche Zeit. Jedermann, Salzburg.

Viertes und fünftes Plakat:
Welt am Sonntag, WELT – BILD für Deutschmark und Dollar, Botschaft aus dem Imperium: »Auch das noch! Ohne Rummenigge gegen Albanien?« »Deutsches Mädel kapert Russenmaschine!« »Denver-Clan Girl zeigt, was sie hat!« Axel Cäsar Springer in Hamburg, Berlin, New York, Tirana und Moskau, immer richtig im Bild.

Und der, der das frißt und wiederkäut im Namen des Volkes, der Mann, der im Bild ist, der, der da schwitzt und schnauft und schmatzt beim Saufen, Fressen und Schwatzen am Stammtisch (die Suppen und Soßen sind fett, das Bier schäumt frisch in den Krügen, der Schaum steht dem Mann aus der Mitte des Volkes mächtig vorm Maul), der, der das alles weitersagt und so redet: Der ist kein Fremder, der ist ein Volksheld, Unser Idol, Franz Josef, drauf und dran und am Drücker.

»Count-Down«: Sechstes Plakat.
Da ragt die athletische Frau im schmalen Trikot, kaum strichbreit der Steg zwischen den Schenkeln, den nackten Rücken mir zugewandt, hat sie soeben einen der beiden Schenkel, über den kopflosen Kopf geschlagen kreisend. Pirouette in Zürich. Holiday on Ice mit: Denis Bielmann als Star!

Siebtes und letztes Plakat in Atlantis:
»Aubade«. Werbung für Mieder. Ein transparenter BH als Augenbinde, zu Fledermausflügeln verformt, spannt sich über dem warmen Nest befeuchteter Lippen, die Lippen ein Schoß. Blinde Fledermausaugen sind aufgequollen zu runden, von Flügeln gefangenen, Brüsten. Brüste wie Augen. Aubade. Rom, London, Paris. Folternde Haut, nackt und barbarisch.

Ich bin ein Fremder, ein Jude, ein Türke, bepackt mit Beuteln aus Plastik, in den Behältern horte ich meinen Traum, den Einkauf von Frieden und Freiheit: Sensationeller Geschmack, Bronx und Atlas, WELT, BILD, Count Down für die blinde Aubade. Ambre Solaire. Ein Beutemensch für den Endsieg.

Der Mensch als Maschine zum Zeugen, Gebären, ein Ungeheuer mit wiederkäuendem Schoß, der sich unentwegt rüstet und rüstet: Angriff ist die beste Verteidigung. Vorwärts! Deshalb brauchen wir Erstschlagwaffen im Herbst '83, 7000 Atomsprengköpfe schon heute und morgen Pershing II, damit wir die Freiheit verteidigen durch den Endsieg für immer.

Die Endlösung, sagt eine Studie des Pentagons, ist die Zerschlagung des Weltkommunismus: 2 Milliarden auf einen Schlag. Die Endlösung ist, sagt die Studie des Pentagons nüchtern, wenn wir den Erstschlag führen und, sagt die Studie des Pentagons (Januar/Februar 1983): 2 Milliarden befreien für immer.

Die sieben apokalyptischen Reiter. Sieben Plakate. An sieben Wänden der Welt. An diesem Tag marschiere ich wieder durch die Hölle der Phrasen, ausgeliefert den Wortbombenbildern. Gefütterte Uniformjacke. Tiefe Mulden unter den Augen. Schwer rollen die Wörter hinter mir her. Die Furcht beschleunigt die Schritte.

4.
Ja, die Furcht. Das Imperium der Presse beschwört jetzt unsere Wut, unseren Haß, unsere Kampfkraft, unseren Willen zur Stärke gegen die Schwachen, die Armen, die Fremden, den Aussatz der Welt und: DEN WELTKOMMUNISMUS.

Liquidieren. »Liquidieren« ist wieder ein gutes, ein stolzes, ein vaterländisches Wort. Otto von Habsburg fordert vor der Union als »klare Zielrichtung« die »geistige Liquidation«, den moralischen Durchbruch: das ist der geschichtliche Auftrag Europas in dieser unserer Zeit, sie braucht eine starke, eine (zu allem) entschlossene Führung (Pan-Europa-Union, 83, November).

2 : 1 gegen Albanien, den Zwerg, 20. 11. Tore von Rummenigge und Strack. Otto von Habsburg. Ein Sieger. Axel Cäsar Springer ein Sieger. »Wir haben gekämpft!« »Wir haben gewonnen!«

Wir, die wir hier in Frieden und Freiheit versammelt sind, Türken, Juden, Verfolger, Verfolgte und Aussätzige in einer Stadt mit Namen Atlantis, geschützt von der NATO, doppelt gesichert durch das Nord atlantische Bündnis, aufbewahrt für den mehrfachen Overkill: Wir, die wir hier versammelt sind zum gemeinsamen Dasein, wir wissen: Unser Tod ist beschlossene Sache.

Plötzlich habe ich wiedergefunden den Geruch deiner Haut, den Duft von herben Hölzern, fern und nah und vertraut, etwas beginnt sich zu wandeln, als wäre die Luft ein sicherer Boden unter den Füßen, die sinkende Erde Luft, erfüllt von Gewißheit, so schön und ergreifend, daß die Augen zu weinen beginnen und etwas erkennen: ein aus der Stille geschnittenes, friedliches Lied.

Ich weiß, daß ich dich liebe und fürchte. Ich weiß, daß meine wehrlose Nähe dir fremd ist und daß ich dies fürchte. Dich einmal berühren ohne Furcht vor deiner Furcht ...

5.
Besetztes Land. Mutterland. Die Väter verscharrt in Gräbern bei Stalingrad, Dresden, Hamburg, Berlin (Das Inferno), namenlos, zu Nummern verkümmert, in Reih und Glied gerade gekrümmte Hakenkreuze auf endlosen Feldern der Nacht. Mutterland in der Geiselhaft deiner Besatzer, Beschützer und Bündnispartner, die dir den Frieden versprechen, den Endsieg für immer.

Ich fürchte meine Beschützer. Ich fürchte die Zuwendung all ihrer Waffen. Wir, die wir fremd sind uns selbst, sind die Opfer, das wissen wir. Du und du. Jede Frau. Jeder Mann.

6.
Herr, deine Stimme gib mir in der Stunde der Ohnmacht, wenn die Hände sich falten im Schoß, wenn sich kein Aufruhr erhebt am Tag vor der Schlacht, wenn ein hilfloses Weinen die Schultern schüttelt der Mütter, der ohne Fassung verharrenden Kinder! Herr, deine Stimme gib mir am Tag der Entscheidung, wenn es jetzt gilt, den Aufruhr zu wecken, das Schreien, das Schreiten der Schritte gegen gepanzerte Wohlstandspaläste der Herren Befehlshaber in ihren Bunkern, der Herren Entscheidungsträger in ihren Betonzentralen, der Herren Vollzugsorgane: Befehl ist Befehl! (Kodewort: »Wintex«).

Herr, deine Stimme gib mir und die Kraft, mich zu weigern und jetzt zu verweigern die Einberufung, den Gehorsam und den Vollzug der Befehle: jeder des anderen Feind, jeder des anderen Bruder, Mörder, Herr, deine Stimme gib mir in dieser heillosen Wüste, schon jetzt zu erklären meine Entschlossenheit: »Nein!«

7.
Herr, ich bin ein Fremder, ein Jude, ein Türke in dieser Stadt mit Namen Atlantis.

Starr und metallen die Stimme: »Jeder Engel ist schrecklich«. In steriler Gelassenheit moduliert sie: »angeklagt«, »schuldig«, »verloren«.

Ich klage mich an der Friedfertigkeit, hilflos gewesen zu sein. Da lacht im Saal in der leeren Zuschauerreihe der Mann ohne Kehlkopf, krebsoperiert, ein hartes zynisches Lachen. Ich klage mich an, schuldig zu sein der Ohnmacht, da lacht das blinde Kind, Tränen in den geschmolzenen Augen, sie schmolzen am Tag der Freiheit, als sich die doppelte Sonne erhob am Horizont inmitten der Nacht. Ja, und ich klage mich an, nichts gewußt zu haben von allem, da lache ich über mich selbst am Ende der Welt.

8.
Ich nehme Abschied von all diesen herrlichen Dingen, die mich umgeben. Die weise Sibylle von Cumae, 1000 Jahre alt, lebt, um den letzten Tag zu erleben, wenn die Gedichte aufgehn in Flammen, sanfte Gebilde der Luft, Poesie. Im Auge der Sonne schmelzen die Augen. Damals waren wir Zeugen (1945, 6. August). Heute sind wir die letzten entsetzten Männer und Frauen, die nicht wahrhaben wollen das Gesetz der Vergeltung, mechanisch, ohne menschliche Macht mehr, Ohnmacht gegenüber Maschinen. Gefechtsfeldwaffen, automatisch gesteuert von Rechnerprogrammen im Ernstfall, um Frieden und Freiheit zu schützen vor ihren Ausbeutern, den Menschen; die Vegetation wird endlich endlos gedeihen können, unter fruchtbaren Strahlengeschossen, furchtbar nur den Erfindern: Frieden der Vegetation, Freiheit den ausgerotteten Gräsern.

Endlich werden die Wüsten aus kaltem Asphalt und Beton wieder besiedelt von wilden Pflanzen, gigantisches Wachstum aus radioaktiver Erde, während im Äther die letzten Signale verstummen. Der Tod ist verläßlich. Das Andere Leben aber wird überleben ohne die Weißen Götter fortan. Ich bereite mich vor auf meine Metamorphose. Wie Gras will ich sein und wie gläserner Wind.

9.
Wie kann ich, wenn ich den Frieden will, den Frieden finden in meinen vier Wänden, in der Herzkammer, im Herzschlag zwischen dir und mir.

Ich bin nicht fähig, dir in die Augen zu sehen und standzuhalten deinem fragenden Blick, deinem Schweigen.

Ich bin nicht fähig, diesen besonderen Tag, gleich ob es regnet oder die Hitze aus blauen wandernden Wolken herabschneit, wahrzunehmen in seiner Besonderheit, wenn hell und klar ist die Luft in singender Bläue, oder die Kälte aus weißen Wolken herabfällt in schweigenden Feuern.

Ich unterliege meiner Gewohnheit, dies alles so und nicht anders zu tun: Handeln, statt abzuwarten. Wollen, statt wunschlos zu sein und die Stille zu lieben, ich unterliege meiner Gewißheit.

Wie kann ich, wenn ich den Frieden will, den Frieden finden zwischen dir und mir.

10.
Von jetzt an sage ich jeden Tag, es ist ein guter Tag, denn ich lebe. Ich lebe und schaue.

Ist es nicht schön, die blaue Spur am Himmel zu wissen hinter den Wolken, die Linie Wald in der wachsenden Ferne, den Boden noch unter den Sohlen, im Schlaf den Wind zu spüren, den wandernden Wind, manchmal Schnee auf der Haut zu tauen, manchmal den rinnenden Regen reden zu hören, Schlaf und Wind und Schnee und rinnenden Regen, ich erwache und sage: dies alles schenkt mir der Tag, den ich träume.

11.
»Und wenn ich wüßte, daß morgen die Welt unterginge, ich würde noch heute ein Bäumchen pflanzen.« (Martin Luther)

Mira (1)

In einem schmalen Raum
halbmatter Glanz
ein Zugabteil vielleicht
– Orientexpreß –
wiegt schaukelnd
zu der unbestimmten Stunde
mild hinter Milchglasscheiben das Gesicht
es riecht nach Rauch und Rausch:
DIE FREMDE FRAU.

Sehr langsam, fast behutsam
öffnen sich die Hände, weich
wandert das Haar
die Schulter herab und legt sich auf
die Brust, ich spüre
ein sanftes Atmen, nicht
aus eignem Willen
öffnen sich die Lippen:
Die Frau, mit Augen
aus Wachs, blickt unverwandt
in meine harten Augen, ich sehe
ihre Lippen wachsen.
Der Schoß geht auf.

Ich fühle, wie die weißen
weichen Hände
von Brust und Hüfte gleiten,

sich langsam niederlegen
auf das unberührte Land,
unsagbar langsam, Sommererde,
Gras und herbes Kraut, der Duft
von schwerem Mohn. In diesem Raum,
gefesselt, erlebe ich
den Leib vergehn, bis
auf der Reise
ein leises Wiegen wie von Messern singt,
daß sich ein gottbefohlenes Gebet
vollendet: Empfängnis
unbefleckt.

Mira (2)

Damals hatten wir Angst. Wir rannten, aufgeschreckt von der starrenden Hitze, kühle Schauer rannen über die Haut, durch das Gras. Die Sohlen brannten. Schattenlos floh ein Sommerbild, das ich liebte, unter der senkrecht stehenden, stechenden Sonne, harter gläserner Mittag. Glanzlose Himmelfahrt. Gläserner Körper. Ich starrte dir nach bis zu meiner Erblindung.

Ich wußte: du warst eine Wolke am Ozean dort oben, schmelzender Schnee, ein entgleitendes Segel, ein pulsender Schirm, eine Qualle vielleicht auf lichtgefiederten, lichtblauen Rippen in der Tiefe des Wassers. Ich wußte: du warst das Sterben in mir.

Furchtlos sein. Nichts und niemanden fürchten. Jahre später, Jahrtausende, erschienst du mir wieder in einer sternlosen Nacht. Aufgestemmt deine starken stämmigen Schenkel, spreiztest du dich als stehender Brückenturm über das Meer: Koloß von Rhodos, Liberty Ann mit der Fackel der Freiheit. Das siebente Wunder der Welt.

Es brannte dein Schoß. Es brannte darin ein höllisches Feuer. Kühle Schauer flossen aus meinen offenen Poren. Die Länder Mu und Ys und Atlantis waren vergangen, verschollen das Goldene Vlies, Eldorado.

Ich wußte: du warst gekommen, meine Seele, ein schwingendes Segel, ein furchtsam pulsierendes Etwas im Wasser der Zeit, für immer zu schmelzen. Du warst eine wachsende Wolke auf hohen Pylonen im Ozean der Nacht. Du standest auf aus der Mitte des Stroms, heller als tausend Sonnen, schwärzer als Ewige Nacht.

Du sprachst mit dem Mund in der brennenden Mitte des Leibes: Fürchte die Weiße Göttin! Fürchte die Freiheit, den Frieden, Vaterland, Mutterland, fürchte deine Erlösung!

Ich starre dich an bis zu meiner Erblindung am siebenten Tag, in der siebenten Nacht.

Atlantis 84 (1)

Hier ist Atlantis. Hier und heute und jetzt. Wir erzählen eine Geschichte von einem Land, das untergegangen sein wird.

Rot und weiß ist der Tod in den Gärten. Ich sehe ihn auf den Lippen der Frauen, der Kinder und in den harten Augen der Männer, rot ist der Tod in den schönen Höfen der Stadt, weiß in den blühenden Städten. Rot und weiß ist der Tod in den Gärten.

Hier ist Atlantis. Hier und heute und jetzt. Wir sehen ein Land, sagenhaft reich und fantastisch.

In den Kinopalästen im Herzen der City glitzern die Filme, spielen Frauen mit den Augen von Männern, als spielten Kinder lachend Verstecken.

Hier ist Atlantis. Hier und heute und jetzt. Wir erleben ein Land, das wir selbst sind, rot und weiß von Blumen im Sommer und schwarz im Winter von Schnee.

Atlantis 84 (2)

Der Kongreß soll beschließen:
265 Milliarden
Dollar 1985
für Frieden
und Freiheit:
   720 Panzer
     23 Schlachtschiffe (Klasse Zerstörer)
     48 Kampfflugzeuge (Typ F–15)
   150 Kampfflugzeuge (Typ F–16)
     31 Atombomber
     40 MX-Interkontinentalraketen
     ausgerüstet mit je
     10 Sprengköpfen
     10 mal Hiroshima
     10 mal der Endsieg
zusammen:
265 Milliarden Dollar
gegen
jede Art
von Bedrohung
also:
für die Verteidigung
der Präsidentschaft
im Fall eines Falles.

Atlantis 84 (3)

Frauen in Jeans, offen das Haar, weite wehende Blusen, die Augen geschützt vor der Sonne, sagen: »I'm okay, yes I like some more coffee, yes, more love, great, Ronnie, Johnny for president! HE will kill these horrible Russians, these stupid Atlantics in Europe, old fashioned Europe, very antique, Fulda Gap Trap, Bayreuth Gap, yes HE will kill, I'm sure, HE is okay!« Frauen in knallblauen Jeans, sie heissen Alice und sie leben im Wunderland, sanft.

Atlantis 84 (4)

In Gegenwart von
10 Kardinälen
dito
Erzbischöfen und
30 Bischöfen hat
Papst Johannes Paul II.
ein unterirdisches Depot
der Bibliothek des Vatikan
eingeweiht.
Auf 1500 Quadratmetern
sollen wertvolle Bücher,

Dokumente und
Kunstschätze
nach modernsten Gesichtspunkten
bombensicher
aufbewahrt werden.

Für fremde Gelehrte
von fernen Sternen
am Ende der Welt.

Eine beruhigende
Nachricht.

Notizen aus Atlantis

1.
Santorin, sagt man, ist eine Insel im ägäischen Meer, genauer gesagt: eine Stadt war dort vor dreitausendfünfhundert Jahren, in Ringen erbaut, von Kanälen durchflossen, kriegerisch zogen Schiffe aufs Meer, Schiffe wie wiegende Messer, mit weißen Segeln, aus Nordost wehte ein eisiger Wind, Meltimi heißt der Wind.

Etwas erfinden. Etwas finden. Etwas auf Santorin finden. 1967 bis 1974 grub Spyridon Marinatos,

Archäologe, auf Santorin den Fundort Akrotiri aus, tiefer als 30 Meter unter der Asche lagen volle Lagerhäuser mit Tonkrügen von eingetrocknetem Öl und Wein.

Da fanden sich Paläste mit prächtigen Fresken geschmückt, genannt »Die Krokuspflücker« oder »Die Seefahrer«, es segelten Schwalben unter Lilien, es kletterten, als kletterten sie noch heute, blaue Affen auf schattenmächtigen Bäumen, mit schweren Ringen geschmückte Frauen schleppten Opfergaben herbei, wieder andere pflückten, nacktbrüstig, Blumen, rund und groß. Voller Leben ist Santorin. Davon erzählen die Fresken. Ein Schiff läuft aus.

Wind aus Nordost. Es ist kalt. Noch kälter als gestern. Der Tag beginnt mit einem klaren Himmel und einer klaren Sonne, dann wachsen Wolken ins Bild, weiß sich füllende Wolken wie Segel, die allmählich näher rücken und auf einmal da sind, schmutzig weiß, das Weiß des Himmels saugend, schluckend, ausgeglühte Asche.

2.
Manchmal schaue ich mir zu wie einem alten Schauspieler auf der Kinoleinwand, John Wayne zum Beispiel, der lang schon tot ist, er starb, als er zum hundertsten Mal, vielleicht, am Ende des Vorführsaals den Superstreifen Eldorado sah (Eastman Co-

lor, Metro Goldwyn Mayer), ein Film, worin John Wayne denselben Typen wie immer spielt, nen Penishelden, der, wie verrückt, aus seiner Hüfte ballert, bloß um zu überleben für uns und die gerechte Sache. Ich schau mir zu: dem schwulen coolen Helden in Jeans beim Opfergang fürs Vaterland mit einer Riesenstimmung im Bauch: »heut hab ich Lust, zu vögeln und zu sterben«. Das ist meine Freiheit: BILD, STUYVESANT, GO WEST! Alle, alle, die John Waynes in unserer ganzen weiten freien Welt sind aufgerufen, ELDORADO (ein Drecksnest in der Wüste) zu verteidigen gegen die da drüben, die Jenny schänden und das Vaterland beschmutzen. JOHN WAYNE wird auferstehen von den Toten, er wird die ANDERN, DIEDADRÜBEN von der Welt vertilgen, für immer, er wird auferstehen, JOHN WAYNE und RONALD REAGAN, OUR JESUSPEOPLE, let's go, let's do it, do it! Manchmal seh ich ihnen zu, den Helden auf der Kinoleinwand im Film der Filme: Eldorado.

3.
Niemand hat dich so geliebt wie ich, sagte ich einmal, als wir uns, an einem heißen Sommertag, an den Schatten der großen Kastanien erinnerten, die den Weg überdachten. Im Juni färbten rote und weisse Blüten den Weg, schwammen, wenn nachts der Regen kam, früh in den Pfützen. Es roch nach Vegetation. Und ich roch den Schweiß deiner Haut. Wir sprachen von Entwürfen der Welt und hätten so

gern unsere Hände gefunden, die waren weit weg von den Köpfen, viel zu weit, als hausten sie in einem anderen fernen Land, deine im Süden, meine im Norden, von Pol zu Pol ist die Entfernung unüberbrückbar.

Ich roch den Schweiß deiner Angst. Das war ein Lebensalter danach. Als wir schon starben. Noch immer beschäftigen uns die großen Gedanken der Welt, die keiner von uns jemals begreifen wird. Aber die Vegetation deines Körpers vermag ich auszumessen in allen Träumen und die unausrottbare Sehnsucht, in einer stillen Berührung zu sterben für immer.

4.
Als ich damals von Rosendorf über Endorf, Rimsting, Prien nach Grabenstätt, Bergen und Seebruck wanderte, Wege seitab von den Straßen, als das Grün aus der Erde brach an den Tagen vor Pfingsten, war ich erschrocken über soviel Reichtum.

Die Äcker waren naß von dicht aufschießender Saat, die Wiesen so fett, daß sie das Vieh fast erdrückten, die Wälder hoben sich dunkel gegen den Horizont, die Sonne gab fettes Licht, es fiel ein fruchtbarer Regen, Moore sogen morgens die Feuchtigkeit auf, speicherten sie in weiten Seichen für trockene Sommertage. In weichen Senken, an atmend aufsteigenden Hängen blühten Wiesen- und Weideflor, der gelb lohende Löwenzahn, giftgelb der Hahnenfuß, dick die Dotterblume, schamrot das wilde Knabenkraut, aufgeputzt die gefiederten Nelken, platonisch. Fast ein Heimatgedicht, dachte ich damals, Deutschland: Atlantis.

5.
Jetzt lebe ich, jetzt, wo ich diesen Satz sage: »Ich bin zu kaputt, um überhaupt noch zu träumen.«

Insekten werden nach mir kommen. Was ich mit runden Augen sah, Gras, Pflanzen und, wie schwanger, das Wandern der Bäume im Wind, sehen Facettenaugen: schwarzweiße Schluchten, Gewölbe, die von Honig schwingen, und unsagbar hohe Türme, im Dach der Erde wandernd, wachsend, alles ist Nahrung, und der Kadaver von anderen Insekten ist Nahrung, was meine Seele war, ist hier ein Feld von Licht und Raum, auf dessen Schachbrett, Schwarz gegen Weiß, sich Zellen paaren.

6.
Im Hintergrund scheppert das Radio, eine metallene Stimme, manchmal denke ich: Gott ist eine schlagersingende Frau, und aus eisblauem Stahl: »Take that look off your face. I can see through your smile.« Marti Webb. Die Leute schlürfen, lippenspit-

zend, in der Frühe den Tee, zerlesen die Zeitung auf einer aussichtslosen Reise nach einer Erkenntnis, nach der Erkenntnis, reden will keiner außer vielleicht MOONGN, ein Kürzel für Guten Morgen, Guten Tag, Ein Gutes Jahr, bevor es richtig begann, ist es fast schon vergangen, was mag es bringen außer dem ALLTAG und ALLTÄGLICHER GEWALT und GANZ NORMALEN KATASTROPHEN, Hunger rund um die Welt und ein mörderisches Sichmorden. Alles ist Wahnsinn. Vor allem in Redensarten der Kinder:

»Das ist Wahnsinn, da hast du vielleicht ne Macke, ne Meise, ne Platsche, da hakts wohl, Wahnsinn he, wahnsinnig toll, heij du gell, hast ja nen Knick in der Optik, da flipp ich gleich aus, whouhhh Mann, das ist Wahnsinn!«

Von Kindauf schon, schon früh gewöhnt sich die Sprache an ihren täglichen Gebrauch. Dieser Tag ist der letzte Tag. Ich sichere Spuren: »Der lange Umweg, den ich angetreten, war doch der nächste Weg zu mir.« (Oskar Loerke).
Schnell kommt keiner ans Ziel, auch der Glückliche nicht. Jetzt kann ich das Ende erkennen, ich mache es aus unter der schützend die empfindlichen Augen schirmenden Hand, am Endpunkt wartet mit höflicher, höchst zuvorkommender Geduld Der Große Zampano, he du, heij, dein Stündchen ist da. Der Große Zampano ist ein Sargredner in dezentem Schwarz, die weißen Karnickel in seinem Zylinder

sind flüchtige kleine Wolken, die fliegend vergehn, he spitz die Ohren: Der Zampano spricht. Redensarten, bombenfetzensteil, knallstark, ein Sprücheklopfer, merkst du, du hörst noch die lässig getragenen Worte, die du schon nicht mehr hörst. Du spürst noch die nadelscharfen, die schmerzenden, die nie mehr schmerzenden Eisdornen, auf deinen Sarg gekreuzigt, den der langsam fallende Schnee schneller zudeckt als er fällt. Jetzt weißt du's: Das Große Glück ist immer erst hinterher dagewesen, als es keiner bemerkt hat.

7.
Ob aus Furcht, ob im Blutrausch des Lebens vor meinem Tod, ich möchte dich dunkel umarmen mit der Kraft des Unglücklichen, dich nicht verlieren im Sog, den wir durchpulsen. Schrei nicht auf, fliehe nicht. Solange in uns Vertrauen wohnt, sind wir nicht wehrlos. Die Stunde der Wolken wird uns verlassen, irgendwo in Schnee oder Sand. Erinnerung bleibt nicht zurück. Spuren treiben zufällig über uns hin, über den Horizont. Wind ist da, den wir suchten und fürchten. Unsere Umarmungen nehmen einander hin in Betäubung. Liebe ist sagbar nach dem Tod.

Einmal war es, da warst du sehr traurig. Der Tag ging in die Dämmerung über. Um dich wiederzusehen, wartete ich auf die Nacht. In meinem hustenden Auto fuhren wir die Georgenstraße in München entlang. Irgendwie war die sonst so bevölkerte Strasse sehr leer. Du sagtest kein Wort. Aber auf deinem Gesicht lag eine schimmernde Träne, ich fühlte die Träne. Da wollte ich sagen, daß ich dich liebe. Als ich am Straßenrand anhielt, ruckartig, neben dem hochgebuchteten Bordstein, den Motor abgestellt, dich ansah, wußte ich, daß ich sowas nicht sagen sollte. Nur meine Hand, die verlegene, ungeschickt redende Hand, suchte die Nähe. Du erschrakst nicht unter meiner Berührung. Du sahst mich nur an. Mit im Schweigen erfahrenen Augen.

Da war ich hilflos, weil ich dich nicht verstand. Auf einmal aber kamst du in meine Arme, es sollte so sein, wir haben es immer gewußt, du weintest, du fandest still meine Lippen, sehr still, ich fühlte die Lippen, sie küßten mich nicht. Heute, Jahre danach, sitze ich hier und schaue ins Dunkle und denke: ruf sie mal an, ruf sie an, vielleicht sucht sie im Dunkeln eine freundliche Stimme. Ich taste die runde, nummerngestanzte Scheibe und wähle und warte. Die Leitung ist frei. Gleichmäßig tönen die Zeichen. Es kommt keine Antwort. Ich hoffe, du bist nicht allein, du brauchst die lange Nacht nicht zu fürchten.

Jeder Abschied ist ein Abschied für immer. Das letzte, das bleibt, ist die Erinnerung an eine Umarmung, zu leicht, um Gewicht zu haben in der Schwere der Welt, zu flüchtig.

8.
Heute, am 10. Oktober 1981, waren in Bonn 250000 Menschen und sagten, wir wünschen den Frieden. Eppler sprach, Albertz, Mechtersheimer und der alte Heinrich Böll. Ich erinnere mich, wie Böll zu den Ratlosen sagte: »Vielleicht bin auch ich nur eine zwielichtige Gestalt.« Er meinte damit die Geschichte der Schmähungen, die er seit Jahren erlitt, im Dienst einer langen Mission. Harry Belafonte sang mit rhythmisch hackender Stimme ein Lied: »peace«, immer wieder »peace«. Eine Kampfansage gegen die Regierung, hatte der Bundeskanzler erklärt, unendlich weit weg von den Herzen der Leute.

Der Wille der Sterbenden ist unerbittlich gegen die Lebenden.
»Xerox your life. If you lose it, it's nice to have a copy.« Nice to have a copy. A copy.

9.
Es kam der Krieg der Söhne des Gesetzes mit den Söhnen des Belial, die Menschenopfer brachten, Sklaven hielten, Sodomie betrieben, Wesen aus Mensch und Tieren zeugten. Als sie zum Krieg mit Wunderwaffen rüsteten, da explodierten die Kristalle mit ungeheurer Kraft. Der Berg hob sich empor, stürzte in sich zusammen, begrub den Ozean unter sich, heiße Wassermassen mit unendlich hohen Wel-

len jagten zu den Küsten. Ein Bild des Untergangs. Riesig. Unvorstellbar groß. Ein großes Bild des Grauens, irrwitzig schön, ein Untergang von Feuer durch das Feuer.

10.
Als Atlantis versank im riesig aufgedunsenen Ozean, wuchs ein neues Atlantis heran, diesseits der Säulen des Herakles, in der Ägäis. Thera nannten es seine Bewohner: Erde. Heilige Erde, Santa Terra, nannten es Jahrtausende später die Lebenden, Santorin sagt man heute.

Bald herrschten die Krieger der Insel über die Inseln der ganzen Ägäis. Ihr König führte Krieg mit den 10 Königen Kretas, mit dem jung sich erhebenden Griechenland und dem fernen Ägypten.

Als die Heere von Thera unüberwindbar schienen, als mächtige Flotten die Meere beherrschten, als die Länder der Welt dem Inselreich untertan waren, brach der große Vulkan aus, der größte von sieben Vulkanen, an dessen Fuß das Hohe Haus des Tempels und die weißen Paläste lagen. In einer einzigen Nacht war Thera zerstört.

11.

Dieser Tag wird ein unheimlich schöner und stiller Tag sein, groß und schön wird die Sonne aufsteigen am Horizont, in der Luft bewegt sich ein Meer von duftenden Kräutern. Ich werde vor die Tür meines Hauses treten, mit verwunderten Blicken schauen, wie die Verwandlung geschah: der schmutzige Fluß fließt hell und klar, es treiben darin mit silbernen Flossen die weiß verendeten Fische, als wäre der glatte Leib aufs neue vom Wasser gespannt. Wolken wandern, lichtblaue Schatten, über den Sand. Ein Spiegel ist alles ringsum für meine heitere Seele. Mein Lächeln erfüllt die Erde, das Wasser, den Wind. Ich will noch sagen, daß ich dich liebe, es will nicht mehr über die Lippen in diesem Augenblick, da eine strahlend wachsende Glut den Tag mit goldener Lohe löscht, ein riesiges Feuer den Atem verbrennt. Selbst die Sirenen, die immer für diesen einen Tag sangen, gottgleich, schweigen im stillen Neutronensturm. Ein Tod voll Unschuld und Wunder. Nur die Seele wird fortgeblasen aus meinen aufgerissenen Augen.

12.

Vor 3500 Jahren, als auf Santorin, damals Thera, der größte von 7 Vulkanen ausbrach, war die Explosion so gewaltig, daß bei einer Sprengkraft von 300 Megatonnen 30 000 Meter hoch vulkanische Aschen in den Himmel geschleudert wurden, in einem Umkreis von mehr als 1000 mal 1000 Metern war der Himmel verfinstert.

3 Tage und 3 Nächte war es Nacht, der wütende Schlag flutete über die Ägäis hinweg, und noch in den fernen Städten Ägyptens war ein Beben zu spüren.

In den Hohlraum des Berges stürzten die Wasser des Meeres, es erhob sich eine Flutwelle höher als 300 m, sie faßte die Inseln und sie erfaßte das gegenüberliegende Festland, und sie vernichtete auch die Küstenstädte auf Kreta, die Königsstädte der großen Minoischen Kultur.

Auch das junge Griechenland und das aufblühende Athen wurden ausgelöscht. Nur die Schafhirten in den Bergen überlebten das Furchtbare.

13.
Worte, und wenn Worte nicht mehr gesprochen werden können, Gedanken sind unsere Waffen, wütender als die Schritte der Infanteristen, schwerer zerstörbar als die Platten der Panzer, treffender als Munition, mächtiger als Krieg.
Niemand braucht sich mit Waffen zu wehren, solang in Gehirnen der Widerstand nistet, in der flexiblen Wand hinter den Augen, die uns nicht verraten.

Ja, sie werden die Hirne erforschen mit Medikamenten, elektrischen Strömen oder chirurgischen Messern.

Wehrt euch nicht gegen sie, sie sollen herrschen über die Einsamkeit, wo der Schritt ohne Widerhall, der Körper ohne Schatten, das Wort ohne Antwort ist.

Die Entdeckung der Länder Mu und Ys

1.
1. Januar 1984. Ich beginne mit meiner Zerstörung. Kaputte Adern bewölken den Himmel, ich fühle wachsende Furcht, ich sehe Feuer in wütender Pracht. Eine Stadt stürzt ein in den Mauern. Grandios verschobene Bilder. Rückblende. Alles noch einmal. In meinem Kopf entstehen Gemälde. Historisch. Brennender Himmel im Westen, im Osten: Die doppelte Sonne. Vergehende Vegetation. Wälder und Wolken. Wasser und Land. Gelebtes Leben.

Es gibt keinen Fluchtpunkt. Ich sehe das Bild der Zerstörung. Ich habe gelebt. Ich liebe diese Vision des Untergangs, schön und fantastisch. Die Länder Mu und Ys. Auf der Leinwand, Cinemascope. Eastman Color. Ich sehe das wütend wühlende Feuer.

Rosenrot schlagen Flammen hoch in die Wolken.
Vulkanausbruch am Ende der Welt.

Ein seltsames Jahr. Jemand verfolgt mich. Jemand
fixiert mich mit dem Auge der Nacht. Ein weit geöffnetes, salziges Auge, Geburt und Tod, unsinnig
fressend und saugend, jemand wartet, jemand beobachtet immer. Gott. Gott ist eine Erfahrung der
Angst. Wäre ich furchtlos, bräuchte ich für die
Furcht keinen Namen wie Jahwe, Allah, Manitou,
Koboldmaki, Plumplori, Rote Rafflesia, ich fände
kein Abbild für Gott. Wir lieben nur, was wir fürchten. Die Angst ist eine Abart der Liebe, Liebe eine
Art Angst. Zur Liebe fähig sein ohne Furcht, ist
unmenschlich.

Ich fürchte den Anblick der Nacht als MARTYRIUM.
Das einzige, das ich dagegenzusetzen habe, ist: meine Fruchtbarkeit. Mit meiner Fruchtbarkeit beginnt
das Werk der Zerstörung, die Zerstörung der
Furcht, die Zerstörung des furchbaren Gottes, die
Zerstörung von Bild und von Abbild.

2.
Ich verliere den Körper. Langsam ersterben alle Bedürfnisse. Es bläst ein eisiger Wind. Wind aus Nordost. Je mehr ich vergehe, desto deutlicher treten an
meine Stelle die Bilder: Mu und Ys und Atlantis,
Mutterland, Eisland. Namen tauchen auf aus meinem Gedächtnis. Namen wie Inseln. Insel aus Syenit

und Basalt. Dort habe ich damals gelebt. Im Tempel der Python, die Augen kühl wie das Gras in der Frühe, Farbe von kalten Smaragden. Ich lebte im Tempel am Fuß des Berges inmitten der Insel. Die FRAU war da. Sie trug das weiße Gewand des Todes (die dem Sterben geweiht sind, vergessen die Furcht: eine seltsame Heiterkeit befällt sie; fast ausgelassen, nahezu glücklich, wachen sie auf, eine große Ruhe kehrt ein.)

»So wie ich Leben gebe«, sagt SIE, »wird Leben genommen und wiedergegeben in einem anderen Land, ein neues Land wird dem Mutterland folgen mit Wiesen und Wäldern, hellen Wolken, wanderndem Wind, die Siebente Insel mit Sieben Städten: Das Reich der Könige.«

3.
3. Januar 1984. Weißer Wal in Hamburg. 20 Grad plus in den Alpen. Die Bergseen schmelzen. Brennender Föhnsturm. Ich wehre mich gegen die Bilder.
4. Januar. Sturm verhindert Suche nach weißem Wal.

Der in der Elbe bei Hamburg entdeckte Weißwal, den viele Passanten beobachtet haben, ist einer der wenigen Einzelgänger seiner Art. Die Heimat des Weißwals sind arktische Gewässer, worin er in Rudeln, den »Schulen«, getrennt nach Geschlechtern lebt. Auf der Jagd nach Kabeljauschwärmen gerät er zuweilen in große Flüsse im Süden, zu hunderten ist er bereits bei Luftaufnahmen in nordamerikanischen und kanadischen Gewässern gesichtet worden, im Großen Mackenzie z. B., dem Fischfluß... Was bedeutet die Flucht aus der Arktis? Verschiebt sich der Kontinent? Regen sich unter dem Ozean Vulkane? Wird das Mutterland aus der Tiefe gehoben? Der wasserbewachsene Tempel im starren Korallenwald? Die versteinerte Göttin?

Ich träumte, aus einer pulsierenden Scheide quellen sich wellende Schlangen, sie haben die Köpfe von alten Männern. Sie sagen, sie müssen den Schrecken vermehren, um den Schrecken zu mindern. Doktrin der Gewalt. Abschreckung sichert den Frieden. Peacemaker heißen die Waffen, gedacht zur vernichtenden Lähmung.

Schlagt dem Körper die Köpfe ab! Reißt den Köpfen die Zungen heraus! Taucht die Mäuler in die tiefsten Tiefen des Ozeans, wo sie versteinern. Nur manchmal in stillen Nächten funkelt das Grün ihrer Augen aus dem Spiegel der Wasser, wandert in das Gedächtnis zurück, in meinen Traum von Mu und Ys und Atlantis. Warum ist heute die Wiederkehr geplant im Atlantischen Bündnis?

Ich träume: Aus einer pulsierenden Scheide schälen sich Köpfe von Männern. Ihre glühenden Augen haben das grüne Licht von Moskau, New York, sie warten, wachen, beobachten immer. Das Auge der Angst. Hart und kalt wie das Licht von Smaragden.

4.
Der weiße Wal ist verschollen, ein heiliger Bote aus dem Eismeer der Arktis. Vermischtes in einer Zeitung vom 5. Januar 1984: »Schwarze Witwe findet 56. Opfer, Hitze und Dürre in Chile haben das Wachstum der giftigen Spinne begünstigt, der Biß der Spinne ist tödlich.«

Abreise. Ankünfte. Ich packe die Koffer. Ich verlasse das Schneeland. Ich verlasse die blinden Kulissen. Mu und Ys und Atlantis sind im Ozean verschollen. Emporgehoben aus tödlicher Tiefe sind manchmal Visionen: schäumende Zungen, von Stürmen gespeitscht, Wasser und Schnee. Sie wandern und wachsen und fallen in sich zusammen am siebenten Tag nach der siebenten Nacht. Das Bündnis wurde erneuert. Als Nordatlantisches Bündnis. Aus den Brüsten der FRAU fließt abermals Nahrung. Aus ihrem Schoß quellen Hälse, Mäuler, Köpfe, die auf gepanzerten Kettengliedern sich wiegen. Ich kann ihre starrenden Augen erkennen: tausend Vasallen und tausend Berater.

In einem riesigen Rechenzentrum im Felsgebirge der Rocky Mountains sitzt ein Computer. Er testet in endlosen Zahlenkolonnen jede Art der Vernichtung des Gegners, den Endsieg. Der Gegner sitzt im Ural im Felsgebirge in einem riesigen Rechenzentrum als Bruder Computer und spuckt Ergebnisse aus über Abwehr und Angriff im All. Luna. Surveyer. (Kosmos. Apollo. Laboratorium Skylab.) Signale: lang – kurz – lang. Überleben nicht möglich. Dobrowolski, Pazajew und Wolkow starben nach 24 Tagen im Raum.

5.
8. Januar. Ankunft zu Hause. Alle Schubladen sind durchwühlt. Gesucht wurden Geld und Papiere und werweißwassonstnoch. Ich habe das Glück nicht gestohlen. Ich habe es nicht in Kisten und Kästen aufbewahrt und verschlossen. Ich kann es nicht teilen. Vergib mir, daß du es nicht gefunden hast, der du das Glück suchst in fremden Räumen. Und wenn du den Schlüssel hättest zum Reich der Könige und den Schlüssel zu Ys, dem Eisland, und zum Mutterland Mu, und wenn du die Mutter sähest, du wüßtest in diesem Augenblick des Erkennens: das fremde Reich, das dein Leib ist, wird bewohnt und beherrscht von der Furcht. Zerstöre die Furcht durch deine Fruchtbarkeit. Eine große Frucht ist zum Beispiel der Schmerz. Nimm ihn, zerteile ihn in zwei Hälften, in seiner Tiefe findest du mehr als die Leere.

Ich habe das Eisland gesehen. Die Heimat der Wale. Einmal verlor sich ein Wal so tief in den Süden, daß er das Land der Schlangen und Spinnen fand, als er schon starb. Er war ein Entdecker. Aber er konnte mit seinen Sensoren die Nachricht nicht weiterleiten an Artgenossen und andere Wesen. Er fühlte zuletzt, als ihn die Schmerzen zerbissen, die MUTTER, die ihn verließ. Man sagt: »Ein seltsamer Bote, der da kommt aus der Fremde. Er stinkt beim Verwesen.«

»Durch die Mauer fällst du vor Schmerz.« Ich habe das Eisland gesehen im Norden. Ich habe Mu gesehen im Süden. Lemuria nannten es manchmal die Alten. Sie wußten nicht, ob sie das Totenreich schauten oder aber das Reich in den Lüften, jedenfalls sagten sie: »Dort taut die gefrorene Musik des Weltalls auf.«

6.
9. Januar. Nichts Neues. »Aldo regiert Narrenvolk.« Ein italienischer Prinz und eine Prinzessin aus Schwanstetten schwingen das Narren-Zepter über die Nürnberger. Aldo I. und Claudia I. treten ihre Regentschaft für 59 Tage an. Das Volk im Parkett jubelt. Elf Gongschläge verkünden den Beginn des Karnevals. Als sich der Vorhang hebt, gibt er den Blick frei auf die Empore mit Präsident und Gefolgschaft und Pagen. Vor seinen Mitstreitern aus vielen Sessionen, Brüdern in gaudio, scharwenzelt

Rolf Sperl, der Erste Vorsitzende des Festausschusses der Nürnberger Fastnacht, Herrscher über Prinzenmützen und Prinzenpracht, prunkvolle Teppiche aus dem Pfandhaus, Plastik und Pleite, Rolf Sperl geriert sich. »Goldig« und »putzig«, rauschen im Saal als geflügelte Worte. »Ded nern vu der Schul endferna, laß nern Middelschdürma lerna, denn wer edzed nu schdudierd, had die Wende ned kabierd.« Im Saal reißt es das Narrenvolk von den Sitzen: »Schau hie, dou lichd a douda Fisch im Wasser!« So wird die neue Faschingszeit fröhlich bejubelt.

Schaut her, da liegt ein toter Fisch im Wasser. Er stinkt nach Verwesung. Von welchem Ort soll er kommen? Vom Ende der Welt? Daß ich nicht lache. Das gibts nicht. Das Ende der Welt ist ein Loch in der Tasche. Nichts Neues an diesem verregneten Tag. Es regnet Konfetti und Luftschlangen und Erdbeerbonbons und Konfekt in Himbeer und Waldmeistergrün, und die Knallfrösche springen.

7.
10. Januar. Reise zu Wittgenstein. »Rätsel gibt es nicht.« Wittgenstein sagt: »Alles, was der Fall ist, ist zufällig. Wenn es aber einen Wert gibt, der Wert hat, dann darf er nicht zufällig sein. Er muß außerhalb der Welt liegen.« Schreiben ist Spielen mit Grenzen zum Zweck, in einen andren Qadranten zu wechseln, nur zum Versuch.

8.
Mit dem Zeitzug zurück. Wittgenstein sagt: »Mein Werk besteht aus zwei Teilen, aus dem, der hier vorliegt, und aus alledem, das ich nicht geschrieben habe. Und gerade dieser zweite Teil ist der Wichtige. Er wird von innen begrenzt, und ich bin überzeugt, daß er, streng, nur so zu begrenzen ist.«

Ich lande in Ys. Das Land ist ein Urbild. Ich nenne es Eisland. Das in die Stille stürzende Bild. Das Eisland ist ein herrlicher Kontinent. Meine Wörter flüstern mir Wind und Sonne ins Ohr, lassen mich lange verweilen beim Blick einer Frau, von der ich nichts wirklich erfasse außer der Tiefe, das Blau ihrer Augen, sie sieht mich an, und sie meint das Meer und den Wind. Ja, ich erinnere mich: Du hattest blaue erzählende Augen. Was wolltest du sagen? Wollte ich dir etwas sagen? Das große Wort von der Liebe gebrauchen wir nicht.

Es gibt keine Antwort. Antworten wird es nie geben. Wenn wir reden, lassen wir unsere Träume sprechen, manchmal ist einer real: als wäre die Ferne zu Nähe geworden, als hätte es diese Insel wirklich gegeben.

9.
Lieben ist schwer,
so schwer
wie das Licht
in der Luft, ein
schwerer sterbender Duft

und süß, so süß,
daß ich dich liebe
und hasse und nie,
niemals lasse, nie
dich verlasse.

Ich erfasse
die Seele im Wind,
ihr erzähle ich,
daß du mich liebst
so sehr,
daß ich dich lasse.

Lieben ist schwer,
so schwer wie das Licht
in der Luft, ein schwerer
schwebender, sterbender Duft.

Die Reise (II)

> »Wenn du ein Mensch bist,
> nimm mich auf in dein Weinen.«

Plötzlich sehe ich dein Geschlecht,
zornig aufgerichtet, ein roter Hahnenkamm,
der Stachel darin ist ein Schnabel,
der auf mich einhackt, wütend, und die Sonne,
mitten in schwärzester Nacht, schreit
einen aberwitzig langgezogenen,
platzend ejakulierenden Hahnenschrei.

Ich entdecke ein Land, das ich selbst bin:
(»Thalassa, Thalassa!«). Zwei Ebenen
hat dieses Land:
eine von engen Grenzen begrenzte,
unbegrenzt eine zweite.

Schwangere Frauen
mit schweren hängenden Brüsten,
sich windenden Schlangen im Schoß wie Freesien,
Levkojen, duftend nach Honig,
schreien und lachen im Land,
das mein Traum ist. Von hängenden
Gärten voll, voll von grünem Frühling
und blühendem Sommer zugleich und
voll von faulendem Herbst,
breitet sich diese Weite, so weit
das Auge reicht, diese
lebende Fäulnis: Fische, Vögel,

vierbeinige Götter in farbigen Pelzen,
viele Wesen darin, füllen mich aus. Und
die Luft ist Musik. Sterben will ich.

Andre Geschöpfe, ausgespien von Angst und Entsetzen,
wachen lidlos im Land, das mein Tag ist,
ohne erlösenden Schlaf, ohne Traum.
Leben will ich! Unendlich, unsterblich.
Wasser und Wälder sind tot.
Winter liegt auf der Haut.

Ich wechsle von einem Land
in das andre, ich verlasse die Grenzen,
ich verlasse mich
auf mich selbst, ich bin nicht verlassen.
Plötzlich sehe ich dein Geschlecht,
wütend aufgerichtet und rot.

Wo kann ich dich finden, Abgott,
dessen Stimme ich höre im Schlaf
wie im Nichtschlaf, hermaphrodiesischer
Engel, wo kann ich dich finden!
Ich sehe auch einen Mund,
zu einem Lachen verzerrt,
wie Messer blitzen die Zähne,
und der rote rollende Mond
schmückt sich mit schroffen,
aus geträumten Tiefen emporgehobnen Gebirgen,
mitten am Tag.

Die Ebenen kippen (sie richten sich auf, sie kippen!),
ich werde von einer zur andern verschlagen
im rastlosen Wellengang. Die Gärten der Nacht
fallen jäh in den Tag, der Tag reift fallend
zur Nacht, Wolken und Wellen
sind nicht unterscheidbar, alles fliegt.

Bist du
Geburt oder Tod, bist du
mein totes, abgefallenes Abbild
im rot geöffneten Schoß, oder
bist du ein lebendes Wesen,
im Netz seiner Tränen gefangen,
gewebt aus verletzlichem Gras,
wehendes Gras im nassen wandernden Wind,
im nassen offenen Schoß?

Wenn du ein Mensch bist, fremder Engel,
von Gott gesandt, nimm mich auf
in dein Weinen. Wir wollen
die Träume verlassen. Wir verlassen
das Land, das wir soeben entdecken,
wir verlassen uns,
wir lernen zu fliegen, unbegrenzt
in die Weite, es schmerzt nicht,
Mutterland, Eisland.
in diesem Garten der Kälte ...

»Noch nie zuvor hat man von solch einer Reise gehört.«

Phoenix

»He, wie hältst du es mit Amerika, sag!«
»Amerika«, sage ich, einen Augenblick zaudernd:
»Ja. ich war einmal dort.
Ich habe die Städte gesehn:
New York City, Chicago, Denver,
Las Vegas, das Eldorado der Spieler,
und San Francisco, wo die Kabelbahn ächzend
und zäh sich hoch hinauf in den Himmel hangelt,
hundert haftende Spinnen am Trittbrett, animalisches
Strandgut, direkt aus der Hölle, auch ich.
Jack Londons Zuflucht: Das alte Frisco,
Alaska-Kid, gestrandet im Süden.
Eine Stunde landeinwärts die Red-Woods.
Die stärksten Bäume der Welt,
»die größten, die höchsten, die besten«.
Um die Jahrhundertwende, sagt man,
sei jene Gegend noch waldreich gewesen,
aber das Hartholz wurde gebraucht
für Hafengebäude, Lagerhallen, Brücken
und Schiffe, heute spannt sich
ein Goldenes Tor groß über den Ozean:
The Golden Gate Bridge, eine zitternde Schwinge.
Rush hour: wenn die blitzenden Autos, zum Still-
stand gebrachte Geschosse,
sich bösartig stauen, blind aneinander
haftende Minen bei Grün, bei Rot,
stadteinwärts, stadtauswärts.

Am Stadtrand siedeln in allen Stilen der Welt
Villen aus Brennholz und Wellblech.
Mitten im Herzen der City aber
wachsen die Dollarpaläste, hohe
Betonkathedralen, blaue Fenster
wie ausgeschmolzene Augen;
in ihrem Schatten, schon im Delirium,
mit fliegenden Pulsen, liegt Chinatown,
da kreisen die Messer.
Frisco, sterbendes Rom des neuen Jahrhunderts,
auf sieben Hügeln erbaut,
aus sieben Quellen gespeist
von Öl und von Goldglanz,
heute nur noch
billig versteigerte Bleibe, wer bietet mehr!
zersiedelt, stinkend, verpestet,
angefallen von tückischen Erdbebenstößen,
die langsam
näherrücken von Jahr zu Jahr
aus den Bergen.

1976. September. Über den dunklen Atlantik
im Jumbo. In dieser wie ewig angehaltenen Stunde
mitten hinein in die Sonne, die
untergeht in einem grandiosen Inferno,
fast wirklich. An Bord,
hoch über den schneeweißen Wolken,
flüstert verführerische Musik aus Stereoboxen.
Gebadet in sanftes, sahnig
gedämpftes Licht, erscheinen wir wie gesalbt, wie

die Engel.
Air-Condition und flimmerndes Kino: Grace Kelly.
Wir hocken in Achterreihen,
an Haken aufgegabelte bleiche Unsterbliche.
Gereicht werden Sandwich, Chicken und Cola, serviert
von kühlen Hostessen mit aufgestöckelten
Hacken, schmalen Hüften und blauen
Lidschatten unter den Augen, »Zombies« und
»Transvestiten«, denke ich da und
Klaus Kinski fällt mir ein, ein
bramarbasierender Prahlhans, ein
wandelnder Wahnsinnsmann, wie er
vom Bumsen im Jumbo erzählt:
Soft-Ice-Sex in andächtig schaukelnden Polstern
der Ersten Klasse, wer glaubts schon. Rosiger Flug
in den Westen. Nonstop.

Als das Fluggestell aufsetzt
mit weich gefederten Kranichstelzen,
beinah geräuschlos, elastisch, und
im summenden Bauch des Vogels
die Reisenden Beifall klatschen,
sichtlich erleichtert,
regnet es draußen,
17 Grad auf dem Airport.
Das grüne Augen des Towers.
Wir waten mit steifen Beinen
die Gangway hinab, fröstelnd
stehn wir im Freien.

»Ziemlich heruntergeschluderte Piste«,
stelle ich fest. Ich sehe das hohe holzige Gras,
Brennesseln, schneckenzerfressen,
schmutzigen Wegerich, Löwenzahn,
abgeblüht und verblasen.

»Donnerwetter! Da kommst du direkt
aus dem Himmel, was findest du
unten im Paradies?
Dasselbe Gras und Kraut wie zu Hause.«
Faulig kabbelnde Pfützen, wucherndes Elend
zwischen geplatztem Asphalt, Rinnen,
in denen der Dreck steht,
ich denke an unsere Mülldeponie
neben dem Schlachthof, dort neben
Verladebahnhof und dem Schnellweg
in Winterstein in der Heimat.
Unkraut verdirbt nicht. Im Paradies.

Die schwarzen Huren sind wie die weißen
vollkommen
teilnahmslos beim Geschäft:
masochistische Mache
unter langsam erwachenden
schwitzend fickenden Leichen.
Angeödet von allem
verrichten sie ihre Arbeit
der Trauer, trockene Tränen
aus Glycerin auf den Lippen,
seltsam starr sind die Augen

gerichtet ins Jenseits,
als wollten sie in der Ferne
die Endstation Sehnsucht entdecken,
eine Vision. Sie waschen den Samen
in Unschuld, ein billiges Opfer
an einen flüchtigen Gott der Lüfte,
Mr. Nobody, Mann, der schneller zieht
als sein Schatten.
»Halts Maul, du beschissener Ficker,
hau ab, genug gefickt für die Handvoll
Dollar. Häng dich doch auf!«
Fast wie im Kino. Life is not real.
Vielleicht ist
DIE ILLUSION die einzige Wahrheit.
»Die wenigen Vorstellungen,
die ich mir machte
von dir, waren falsch«,
sagte mir Ludwig Fels
in: »Ich war nicht in Amerika.«

Ein fast quadratischer, aufgeregt summender Bus
holt uns ab, wir stehen dicht
aneinander gedrängt in feuchten Synthetik-Mänteln
und schwitzen, kalt ist es draußen,
drinnen ists dumpfig und warm, jeder
flucht vor sich hin, übermüdet und
reizbar, sichtlich nervös.
Paßkontrolle. Zollabfertigung. Einreisestempel.

New York City, Superstadt, dachte ich
vor dem Abflug,
Reise ins Jahr 2000, craisy, klassisches styling,
Stadt mit magischen Lichtern und
flüsternd verborgenen Lippen
wie von Sirenen, überall Stereo-Sound,
automatische Tore und Türen, Sesam öffne dich,
Reich der Geheimnisse, wahre Wunder!
Aber als erstes höre ich, noch auf dem Flugplatz,
das endlose Rollband für Passagiere entlang,
deutschen Männergesang,
ein koffer- und rucksackbewaffneter Kegelverein
aus der teutonischen Heimat, Heidelberg:
»O du schöner Westerwald«, »wie ist die Welt so
schön«, »in München steht ein Hofbräuhaus!«
Ich höre Marsch- und Sauflieder brüllen
aus vollen Kehlen, gierend nach Bier,
zum Fressen versessen auf Haxn, Knödel
und Sauerkraut
in New York, genau wie in Germany,
genauso beschissen, humba, humba, humba,
täterä!

Was halte ich von Amerika, willst du wissen.
Land der Freiheit, sage ich.
Der Erstschlag ist beschlossene Sache,
unverzichtbar, sagen Präsident und
Präsidentschaftsbewerber den Wählern,
sicher ist sicher, da weißt du,
daß du bald dran bist in dirty old Europe,

wenn sie dir in den roten aufgerissenen
Pavian-Arsch, der dem Super-Affen so lang seine
Demut bezeugt hat, die Sonne aus Wasserstoff
feuern,
die Welt ist ein Dschungel,
Dynamit gegen King Kong, King gegen Kong.

In der gereckten Fackel
der Freiheit glimmt schon die Lunte, Fanal!
Ich habe den Funken in vielen Augen gesehn,
nicht in denen der Huren,
Nutten sind nüchtern und solidarisch,
nein, in den Augen der Soldiers of Fortune,
Glücksssoldaten, Heilbringer mit
Hitlersymbolen, das Killer-Spiel
ist ihr Hobby, »kill sie alle!«
Hölle der Spieler und Säufer: Las Vegas.
In riesigen Sälen, groß wie die Wüste,
knien sie an Maschinen,
ergeben ganz dem Gebet, trainieren
das heidnische Ritual an Blut-Automaten:
»Der erste Schuß muß im Unterleib sitzen«,
sagen sie dir mit der Faust in der Tasche,
als hätten sie eine Erektion, gebeulte
Hosen des Glücks, windige willige Henker, Heil
Hitler!

»Macht bedeutet, mit dem Mord davonkommen.
Mord bedeutet Leben. Schon jetzt
ist der Ausdruck auf den amerikanischen

Gesichtern, besonders in den Städten,
erschreckend. Es werden Kriege kommen,
jeder schrecklicher als der vorhergehende.
Bis das morsche Gebäude völlig
dem Erdboden gleichgemacht ist.«
(Henry Miller in: »Sexus«, 1940).

»Wie hältst du es mit Amerika?«
»Ja«, sage ich, »ich habe die Stadte gesehn.
Das Entsetzen. Die völlige Gleichgültigkeit,
endlose Schlangen von Menschen,
die pilgernd anstehn, um die
Fackel der Freiheit zu feiern,
das Achte Wunder der Welt in der Hudson Bay,
vom Uferkai wird die wartende Queue mit Booten
hinübergebracht, du erkletterst die Stufen,
betrittst den Leib deiner Göttin,
steigst höher und höher und endlich
bekommst du
1 Sekunde Zeit, nur 1 Sekunde,
der Frau aus den Augen zu schauen, ins unendliche
Nichts:
Endstation Sehnsucht, dann schon der Nächste!
10 Dollar das Ganze. American Way of Life.
In den Augen knistern die Funken.

»Und«, willst du wissen, »was noch?«
»Was noch?« »Phoenix am Salz-Fluß in Arizona.
Eine höllisch trockene Stadt.«
Die letzte Zuflucht.

Du kommst durch den Fels.
Du gehst durch die Wüste. Kein Wasser. Kein Gras.
Kein Korn. Kein Wind. Alles ist künstlich.
Zu Glas verschmolzene Asche.
Dorthin begeben sich, schon im Delirium,
mit all ihrer Habe, Diamanten und Orden,
die Pensionäre, eine Legion,
um zu ersteigern,
was jetzt noch rasch die Händler
vom Himmel servieren, solange sie fliegen,
die Weißen Götter, alles ist käuflich,
sogar das beschissene Glück.
Die Reichen ziehen ins Jenseits in wallenden Zügen.
Death Valley.

Illusion

Irgendwann
ist es soweit:
da hältst du
die Wirklichkeit
für die Wirklichkeit,
dann bist du
geliefert, denn:

jeder weiß,
daß du
ein Narr bist,
nur du selbst
weißt es
nicht mehr:

du hast es vergessen,
einfach vergessen,
weil du schon
tot bist
in alle Ewigkeit
Amen.

Inhalt

Atlantis (1–9)	5
Die Reise (I)	15
Saint Malheur	45
29. Januar	46
Requiem	48
High noon	49
Bronx	50
Mira (1)	61
Mira (2)	62
Atlantis 84 (1–4)	64
Notizen aus Atlantis	67
Die Entdeckung der Länder Mu und Ys . . .	79
Die Reise (II)	89
Phoenix	92
Illusion	101

Im selben Verlag erschienen:

Wolf Peter Schnetz
und Gott wurde sterblich
Gedichte zum Nordatlantischen Bündnis
54 Seiten, Broschur
ISBN 3-921499-53-4

Wolf Peter Schnetz/Florian Winterstein
In diesem Garten der Lüste
96 Seiten, Leinen
ISBN 3-921499-47-x

in Vorbereitung:

Wolf Peter Schnetz
In diesem Garten der brennenden Nacht

im Verlag Klaus G. Renner, München